JN153959

科学探偵 謎野真実 シリーズ
科学探偵
VS.

終末の大予言
後編

もくじ

登場人物……6
プロローグ……8

1
死の鬼ごっこ 28
3番目のドア

2
魔の山の巨人 82
ダイダラボッチ

この本の楽しみ方

この本のお話は、事件編と解決編に分かれています。登場人物と一緒にナゾ解きをして、事件の真相を見つけてください。ヒントはすべて、文章と絵の中にあります。

3 怨霊たちの呪い？ 恐怖の杉沢村！ 130

4 きさらぎ駅 神の使いとの対決 196

エピローグ …… 260

その後の科学探偵 …… 266

登場人物

謎野真実

エリート探偵養成学校・ホームズ学園出身で、天才的な頭脳と幅広い科学知識を持つ。「科学で解けないナゾはない」が信条。行方不明の少女・尾狩アリスを追い、ついに『予言の書』を入手。残る予言の謎に挑む。

宮下健太

真実と行動を共にするクラスメート。成績もスポーツも中ぐらいの〝ミスター平均点〟。超ビビリだが、不思議なことが大好き。

青井美希

健太の幼なじみ。インターネットで、アリスのものらしき投稿を見つけ、真実たちと都市伝説の舞台「きさらぎ駅」を目指す。花森小学校6年生の新聞部部長で、ジャーナリスト志望。

尾狩アリス

インターネット上の掲示板に
「すべての数字がそろった」
と書き残し、失踪した、尾狩刑事の妹。
世界科学コンクールに入賞するほどの科学好き。

浜田典夫先生

花森小6年の学年主任で、
あだ名は「ハマセン」。

金森修一、詩子

夫婦で喫茶「ポエム」を営んでいる。
常連客の尾狩刑事の妹捜しを
励まし、支えている。

尾狩トモミ

妹・アリスの行方を捜し続けている
花森警察署の刑事。
真実たちと、事件を調べていくなかで、
ほかにも行方不明になっている子が
いることを知る。

夜の遅い時間。ひとりの少女が線路に沿って歩いていた。
周りは真っ暗で何も見えない。
少女は、白いヘアバンドをしている。
尾狩アリスだ。
アリスの手には『予言の書』があった。
そのとき――、

ドンドンドンドン……チリーン、チリーン

風に乗って、遠くから太鼓や鈴の音が聞こえてきた。
「やっぱり、うわさどおりだ……。ここは『きさらぎ駅』で間違いない」
アリスはごくりとつばをのみ込み、さらに線路に沿って歩いて行く。
と、今度は背後から声が聞こえた。

「お〜い」

しわがれた不気味な声だ。

しかし周りは真っ暗で何も見えない。

「何なの??」

アリスは声を震わせながら駆け出そうとした。

お〜いいいい！

そんなアリスの腕を、誰かの手ががしっとつかんだ。

「きゃああ！」

アリスは驚き、手を振り払うと、バランスをくずしてその場に倒れた。

目の前に、おじいさんが立っている。

「危ないから線路の上を歩いちゃダメだよ〜」

次の瞬間、おじいさんは笑いながら、フッと姿を消した。

「そんな！」

オマエハモウ家ヘハ帰レナイ　オマエハモウ家ヘハ帰レナイ　ハハハハハハハ

不気味な笑い声があたりに響く。

「そんなのいやだ！　助けて！　お姉ちゃん、助けて!!」

アリスは泣きそうな声で助けを求めた。

「アリス！」

尾狩トモミ刑事は目を覚まし、起き上がった。
そこは自宅のベッドの上だ。

どうやら夢を見ていたようだ。
尾狩刑事は、そばにある棚の上を見る。そこには、尾狩刑事と一緒に写る笑顔のアリスの写真が飾られていた。
「アリス……」
写真の中のアリスを見つめながら、尾狩刑事は悲しそうな表情を浮かべるのだった。

●

翌日。花森小学校に通っている科学探偵・謎野真実は、親友の宮下健太と青井美希とともに、喫茶「ポエム」で尾狩刑事と会っていた。
「そっか、『きさらぎ駅』のモデルになった駅には、アリスちゃんはいなかったんだね」
健太の言葉に、尾狩刑事は弱々しい声で「はい……」と答えた。
花森町の警察署につとめる尾狩刑事は行方不明になった妹・アリスを捜すために、真実たちに協力してもらい、『予言の書』に書かれたいくつもの不可思議事件を解決してきた。

アリスも予言の書を持っていて、同じように不可思議事件を調べていたのだ。

先日、そんなアリスが書き込んだと思われる、ネットの掲示板を美希が見つけた。

「アリスちゃんはどこかの駅で降りて、怪奇現象に遭遇したんだよね」

健太の言葉に、みながうなずく。

掲示板にはそのようなことが書かれていて、真実たちはそこが都市伝説で有名な「きさらぎ駅」だと考えていた。

美希は改めて、きさらぎ駅について話す。

「きさらぎ駅は、遠州鉄道の新浜松駅から、さぎの宮駅までの途中にあると言われているけど、路線図には書かれていない。空間がゆがん

遠州鉄道
静岡県浜松市にある新浜松駅と西鹿島駅を結ぶ鉄道。その間の駅の一つであるさぎの宮駅が、都市伝説「きさらぎ駅」のモチーフになったとされる。

だせいで現れる幻の駅っていううわさだよね」

都市伝説によると、新浜松駅で23時40分発の電車に乗った人が、きさらぎ駅に到着したらしい。

その人がきさらぎ駅を降りて、線路沿いに歩くと、遠くから太鼓や鈴の音が聞こえ、「おーい」と呼ぶ不気味な声とともに、ナゾのおじいさんが現れたのだという。

そのおじいさんは、突然姿を消してしまうと言われていた。

さらに線路に沿って歩くとトンネルがあり、出たところで親切な人が車に乗せてくれる。しかし、その車に乗ってしまうと、そのまま帰ってこられなくなってしまうらしい。

「だけど、実際にわたくしが新浜松駅から電車に乗ると、何事もなくさぎの宮駅に到着しました」

尾狩刑事はきさらぎ駅が本当にあるのかどうかを調べるために、実際に23時40分に新浜松駅から電車に乗ってみたのだ。

「周辺にいた人たちに、アリスやほかの行方不明になった子たちのことを聞きましたが、知っている人は見つけられませんでした」

アリス以外にも、何人も子どもたちが行方不明になっている。それぞれ、予言の書を持っていて、きさらぎ駅へ行こうとしていたはずだ。夜遅くに子どもがひとりで駅にいれば目立つはずだが、目撃者はまったくいなかった。

「じゃあ、アリスちゃんたちはどこの駅に行ったんだろう？」

美希の言葉に、尾狩刑事は困り果てた表情を浮かべる。

一方、真実はテーブルに置かれた予言の書を見ていた。

「予言の書には、まだいくつか解き明かされていない予言が残っている……。それに、このマス目も……」

真実はマス目だけが書かれているページを見る。

「このマス目、何なんだろうね？」

健太も予言の書を見ようと、身を乗り出した。

そのとき、テーブルに飾られていたガラスのコップに入っていたキャンドルにひじが当たり、コップが倒れた。

「わっ」

キャンドルの炎が、予言の書に触れる。

すると、ボッという音とともに、一瞬、大きな炎があがった。

「何なの??」

それを見て、健太たちは驚く。

尾狩刑事はあわててキャンドルを元に戻した。

そんななか、真実はひとり冷静に予言の書を見つめていた。

「そうか……。健太くん、大手柄だよ」
「どういうこと？　ぼく、キャンドルを倒しちゃったんだよ」
「そのキャンドルの炎が、マス目のページの真の姿を見せてくれたんだ。このページには、表面に『フラッシュペーパー』が貼られていたんだよ」
フラッシュペーパーとは、手品でもよく使われる、火をつけると、大きな炎をあげて一瞬で燃え尽きるニトロセルロースという物質で作られた紙だ。
「そのフラッシュペーパーが燃えたことにより、これが現れたんだ」
真実はマス目のページを見る。健太たちもつられるように視線を移動させた。

「ああっ！」

マス目が書かれていたページに、「絵」と「数字」がいくつも描かれていた。

「フラッシュペーパーによって、絵と数字が隠されていたのですね」

「マス目のページは、燃えにくい不燃紙が使われているようです」

「絵の下に数字があるね。何か関係があるのかな？」

美希はそれらを見るが、何なのかわからない。

「絵と数字かあ」

健太は目をキョロキョロさせながら考える。「ポエム」の壁に何枚も貼られていた風景写

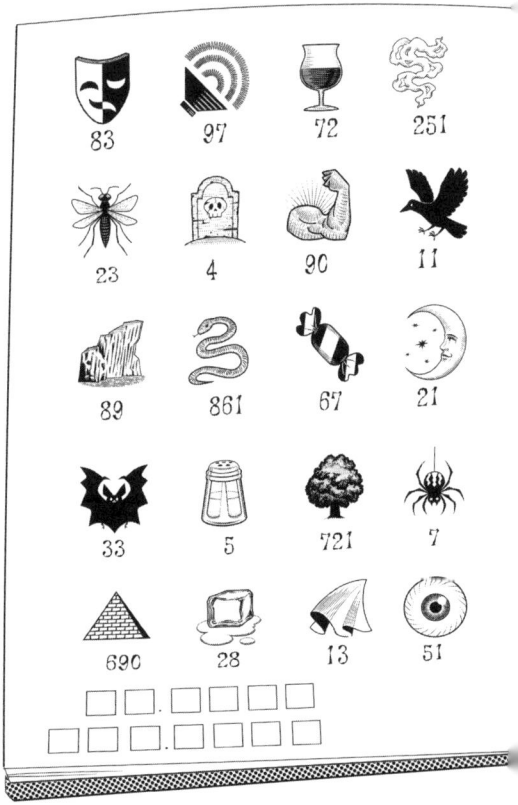

真がふと目にとまった。

「どこの風景だろう？」

健太が写真を見ながらそう言うと、マスター夫婦が近寄ってきた。

「わたしたち夫婦が旅行に行ったときに撮ったものだよ。写真が趣味でねえ」

「そうなんですね」

健太は風景写真の横に貼られた写真を見る。そこには、笑顔を浮かべた5歳ぐらいの男の子の写真があった。

「この子は？」

「ん～、誰だったかな？」

「昔の写真だから、修一さんもわたしも覚えてないわねえ」

「詩子がその子の笑顔がかわいいって言ったから、飾ることにしたんだよ」

マスターの金森修一と妻の詩子がほほえみながら言う。

「たしかにかわいい～」

美希がその写真を見てほほえむ。真実も店に貼られたそれらの写真をじっと眺めていた。
「早く事件が解決すればいいのにねえ」
マスターがふと尾狩刑事に言った。
「わたしたちもずっと心配しているのよ」
その横で、詩子も言う。
「ありがとうございます」
尾狩刑事はそんな彼らの優しさに触れ、改めて事件を解決しなければと思う。
「予言の書にはまだいくつか、調べていない予言が残っているのであります。それを解けば、アリスのいる場所がわかるかもしれません」
「だけど、マス目のページが気になるよね。何なんだろう?」
健太はテーブルに置かれた予言の書を改めて見た。
「この絵は『ナイフ』だよね? これは『クモ』でしょ。『ボール』もある。そういえば、※アクロバティックサラサラはホントに怖かったよね」
「健太くん、どうして急にアクロバティックサラサラの話なんかするの?」

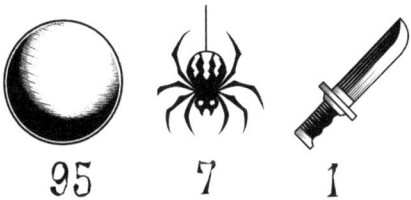

※『科学探偵VS.終末の大予言［前編］』参照。

美希がたずねると、健太は絵のひとつを指さした。
「だって、この絵が『針金』っぽく見えるから」
「針金？」
美希は予言の書を見る。たしかに、絵は針金に見える。
その瞬間、真実が「そうか」と声をあげた。

「この絵は、予言にまつわる事件で使われたトリックに関係があるんだ！」

「真実さん、どういうことですか？」
「尾狩刑事、今、健太くんは針金を見てアクロバティックサラサラのことを思い出しました。あの事件は、トリックに『針金』を使っていましたよね？」
「あっ、そういわれれば」
「このマス目のページには、ほかの事件のトリックに関係のある絵がいくつもあるんです」
「それはええっと……、あ！『むらさきかがみ事件』の……、これは『塩』、『件事件』の

3

『渦巻き』、それに『アポカリプティックサウンド事件』の『歯』ですね」

「そのとおり。絵の下には数字が書かれている。予言の書に書かれている不可思議事件の順番に、その数字をマス目に入れていくんです」

真実は、マス目に数字を書いていく。

『3』『5』『66』『42』

「この数字はいったい？」

尾狩刑事は首をかしげる。そんな彼女に真実が答えた。

「おそらく、アリスさんもマス目のページに、絵と数字が隠されていたことに気づいたはずです。そしてマス目の数字をすべて埋めて、きさらぎ駅へ向かった可能性が高い」

「なるほど、マス目の数字はきさらぎ駅へ行くヒントということですね。じゃあ、残りの不可思議事件を解いてマス目の数字をすべて埋めれば――」

「アリスさんを見つけることができるはずです」

真実の言葉に、尾狩刑事の表情が一気に明るくなった。

5

66

42

「ありがとうございます！」
尾狩刑事は笑顔で両手を差し出し、最初にヒントをくれた健太の手をにぎりしめた。
「え、えっと、ぼくは何となく気づいただけで。だけどよかった」
健太は照れながらも力になれてうれしそうだ。
「よおし、それじゃあ次の不可思議事件を調べよう！」
美希は張り切り、次の予言を見ることにした。

『上弦の月。丑の刻。罪人の島にて、
3番目のドアを3回たたくとき、死の鬼ごっこがはじまる』

「死の鬼ごっこってなんか不気味だね」
健太はゾッとしながら言う。
「でも、罪人の島ってどこなのかな？」
美希の言葉に、尾狩刑事も真実も考えるが、答えは出てこない。
すると、詩子がふと口を開いた。

「もしかして、『水神島』とかかしら？」
「水神島って、花森町の飛行場から行ける、小さな無人島のことですか？」
真実がたずねると、詩子は「ええ」と答えた。
「わたしたち旅行が好きでね。水神島って、昔、罪人たちを流刑するための島だったって聞いたことがあるわ」
「るけい？」
その意味がわからない健太に、真実が説明をする。
「昔、罪を犯した人を島などへ追放する罰があったんだ。一度島に行くと、罪が許されない限り、その島から出ることができなかったんだよ」
「そんな罰があったんだ」
「水神島かあ。この予言の場所の可能性は高そうだね」
美希が言うと、尾狩刑事もうなずく。

上弦の月
右半分が光って見える半月。月が地平線に沈むときの姿を弓にたとえ、真っすぐのところ（弦）が上になることなどからこの名前がついた。ほかにも、月の形によっていろいろな呼び名がついている。

月の呼び名

旧暦		
1日		新月
2日		二日月
3日		三日月
7～8日ごろ		上弦の月

「みなさん、上弦の月は旧暦の7日から8日の月のこと、つまりまさに今すぐです。花森町の飛行場から小型機に乗れば30分くらいで着くはずであります！」

それを聞き、真実たちも大きくうなずいた。

「アリス、待っててね！
マス目の数字を全部埋めて、必ず見つけ出すから！」

尾狩刑事と真実たちは、さっそく飛行場へ向かうのだった。

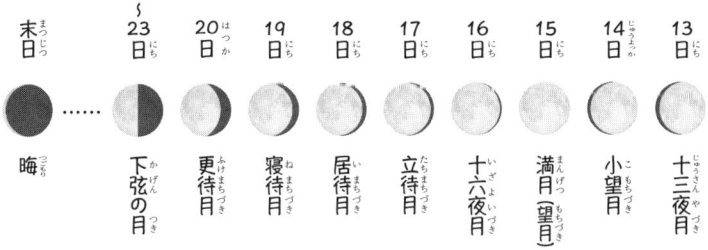

死の
鬼ごっこ

3番目のドア

終末の大予言[後編] 1

真実、健太、美希の3人は尾狩刑事の運転する車で、花森町の外れにある小さな飛行場にやってきた。ここから、海に浮かぶ島々へと小型機の定期便が飛んでいるのだ。

尾狩刑事がターミナルビルのカウンターで搭乗手続きをする。

係の中年男性が、尾狩刑事のうしろに立つ真実を見て、動きを止めた。

真実は『予言の書』をかかえていた。

「あ、その本をお持ちなんですね。そのお子様の搭乗券のお代はいただかなくて大丈夫です」

「……え、この本についてご存じでありますか!? くわしくお話をお聞かせくださいませんか!?」

尾狩刑事が思わず大きな声でたずねると、男性は少し驚きながらも答えてくれた。

ある日、花森飛行場に、とある客から電話があったという。

「これから、ある本を手にした子どもたちが時々飛行場にやってくるので、その運賃をすべて払うということでした。後日、数人分のお金とその本の表紙の写真が届きました」

「それでアリスさんも飛行機に乗れたんだね！ 高いチケットをどうやって買ったんだろう

と思っていたんだ」

健太が声をあげた。

「ちょっと待って。じゃあその電話をかけてきた客って、『神の使い』なんじゃない!? すみません、その人は何歳ぐらいで、どんな声をしていましたか!?」

美希は受付カウンターに身を乗り出した。これまでに起きた予言の書にまつわる事件には、すべて神の使いが関わっていたのだ。

「……それが、あいにくわたしどもは電話で少し話しただけなので、くわしいことはわかりません。お金は払ってくださっているので、信用していただけでして」

男性は申し訳なさそうに答えた。

ブォロン、ブォロロン、ブォロロン、ブォロロロローン!!

真実たちが乗り込んだプロペラ旅客機のプロペラが、ものすごい音を立てて回りだした。

真実、健太、美希、尾狩刑事は座席でシートベルトをして座っている。

真実たちのほかに客はいない。
機体が、ガタガタガタガタッと震える。
健太はシートベルトをギュッと握りしめた。
「この飛行機、大丈夫かな？　揺れすぎじゃない⁉　こんなに揺れて、ネジがゆるんでプロペラが外れて飛んでったりしないかな⁉」
怖くてたまらない健太は美希に声をかけた。
「もう！　そんなに怖がっていると、わたしまで怖くなってきちゃうでしょ」

プロペラ旅客機
プロペラを回転させて前に進む飛行機。空気を高速で噴射するジェットエンジンだけを使うジェット機に比べ、小型で速度が遅く、短い距離を飛ぶのに適している。

海外ミステリーの新刊のページをめくっていた真実が口を開く。
「健太くん、乗っている飛行機が落ちる確率は０・００００９％といわれてるよ」
「……え、それってどれぐらいの確率なの？」
健太は真実にたずねた。
「自動車による事故で命を落とす確率は０・００２％、隕石が落下してきて死ぬ確率は０・０００４％だと言われているね。乗っている飛行機が落ちる確率は、自動車の死亡事故より確率は低く、隕石で死ぬ確率よりも高いといったところかな」
「……え、自動車事故に隕石で死ぬ確率？」
健太がとまどっているうちにプロペラ旅客機が滑走路を走って大空に飛び立った。
いったん離陸してしまうと、健太の不安もやわらいできた。
「とにかく……真実くんのおかげでちょっと気がまぎれたよ。ありがとう！」
真実はすずしげに健太にほほえみを返し、また視線を本に戻した。
健太は、離れた席に座っている尾狩刑事をチラリと見た。
彼女は真剣な表情で、水神島の地図を見ていた。

(すごく不安だろうな。アリスさんがいまも危険な目にあっているかもしれないなんて……。なんとしても次の予言のナゾを解かないと!)

健太はあらためて決意した。

島に到着する前に水神島の地図を広げて作戦会議をすることになった。

みんなでもう一度予言を確認する。

『上弦の月。丑の刻。罪人の島にて、
3番目のドアを3回たたくとき、死の鬼ごっこがはじまる』

「飛行場の人が予言の書の存在を知っていたことから、この予言の場所は今向かっている水神島という無人島で間違いないと思われます」

尾狩刑事は地図を指さしながら説明する。

「島の真ん中には、水神山という大きな山がそびえています。今は無人島ですが、かつてはその北側と南側にそれぞれ集落があって、たくさんの人が暮らしていました。わたくしたちは二手に分かれて、北側と南側で3番目のドアを探しましょう。3番目のドアということは、ドアが三つ以上並んだ場所だと思われます。一刻も早く見つけて、丑の刻、午前1時から3時にそなえましょう！」

真実が尾狩刑事の言葉につけくわえる。

「三つのドアが並んでいるのは、それなりの大きさの建物とみてよいと思います。一軒家、個人商店などは除外して、大きな建物を中心に探して回りましょう」

「わたくしも賛成であります！」

尾狩刑事も真実の言葉にうなずいた。

「あ、水神島だ!!」

美希が大きな声をあげた。

機体の窓から、広大な青い海に浮かぶ島が見えてきた。

飛行機は昼過ぎに島に到着した。そして真実たちを降ろすとふたたび飛び立っていった。

一日一便しか運航していないので、真夜中に出現するはずの不可思議現象を目撃するために、島で一泊することにしていた。

真実たちはまず南側の集落あとにある観光客向けの簡易的な宿泊所に荷物を置いた。

2階建ての建物で、この日はほかの客も管理人もいないようだった。

「すごい、ちゃんと炊事場もあって、ベッドルームもトイレもお風呂場もある!!　快適そう」

美希が感激していると、尾狩刑事が声をかける。

「最近建てられた施設で、水神島にサーフィンをしにくる人たちに開放しているみたいですよ」

健太もワクワクして声をあげる。

「今日の晩ごはんは、持ってきた食材で尾狩刑事がカレーを作ってくれるんですよね！　楽しみだなあ。なんだか林間学校に来たみたいだよね！」

健太はすぐさま、しまったという表情になる。
「……って、ごめんなさい！　それどころじゃないですよね」
健太がペコリと頭を下げると、尾狩刑事は首を横に振った。
「いえいえ。健太さん、カレー楽しみにしていてくださいね！　でも、まずは予言が示す場所を見つけたいのであります。早めに3番目のドアを見つけて、余裕を持って丑の刻までに待機できるようにしたいですね」
「はい、頑張ります！」
健太が気合を入れると、美希と真実もうなずいた。

荷物を置いた一同は、宿泊施設の建物の前に集まった。
尾狩刑事が自分のスマホを真実たちに手渡す。
「真実さんと健太さん、もし何かあったときはこれで、美希さんのスマホに電話してください。みなさん、廃墟は倒壊する危険がありますので、気をつけるようにお願いします」

こうして、尾狩刑事と美希は、島の北側にある集落あとに向かった。
真実と健太は宿泊施設がある南側の集落あとの探索を開始する。
道路のコンクリートはいたるところがひび割れて、雑草が生い茂っていた。
「……人の気配がなくて道も建物も荒れちゃってるね。でも、よく考えるとなんか怖いなあ。海にポツンと浮かぶ無人島にぼくたちだけで一晩過ごすなんて」
「健太くん、なぜ怖いんだい？」
「だって、もし悪いやつが島にひそんでいて襲ってきたら、逃げ場がないんだもん」
「少なくとも、今日乗ってきた飛行機には、ぼくたち以外に乗客はいなかったけど、自分の船で島に上陸して、身をひそめることは十分可能だろうね」
健太は何げなく言ったことだったが、真実に同意されると、現実味をおびてドキドキしてきた。
「……そうだ、尾狩刑事がこの島はサーフィンの穴場だって言ってたし、ぼくらの目につかないところでキャンプしててもおかしくないもんね」
健太は自分に言い聞かせるように言った。

島を歩いていると、健太は古いお墓がたくさんあることに気づく。

「小さい島なのに古いお墓やお地蔵さんが多いね」

「島の歴史は古いからね。ここは流刑地だったから、古いお墓は全部同じ方向を向いているんだよ」

真実がお墓を指さす。

「ホントだ！」

「当時の都のほうを向いていると言われている。罪を犯した人や、時の権力者に刃向かった人、それぞれ事情は違っただろうけど、みんな故郷に帰れずに死んでいったんだろうね」

「かわいそうだね……。え、あれ!?」
墓のほうを見ていた健太が急に何かを見つけて指さした。
「どうしたんだい、健太くん」

「いま、あのお墓のうしろで動く黒い人影が見えたんだよ!」

それを聞いた真実は、健太の指さした墓を確認しに行く。
健太もおそるおそる真実についていくが、そこには誰もいなかった。
「おかしいなあ。たしかに誰か立ってたんだ……もしかして、島の幽霊!?」
健太は無念の死をとげた人の霊が島を

さまよっている姿を想像して怖くなり、ブルブルッと震えた。

そのころ、尾狩刑事と美希は、北側の集落あとにある一軒の古い平屋の木造アパートにたどり着いていた。壁もボロボロで、今にも天井がくずれ落ちそうだ。

アパートには、三つの部屋が並んでいる。

「あ、尾狩刑事、ここ、三つのドアが並んでいますよ！」

「本当でありますね！　でも、はて……3番目のドアって、どこから数えて3番目なのでしょうか？」

「そっかあ……右から数えたら左はしのドアが3番目だし、左から数えたら右はしのドアが3番目になっちゃいますもんね。難しいなあ」

美希が腕ぐみしながら、頭をひねった。

あたりが夕日でオレンジ色に染まりはじめた。

一方、探索を続けていた真実と健太は、廃墟となった団地を見つけていた。

「島にもこんな大きい団地があったんだね」

「かつて石炭の採掘が行われていたから、炭鉱労働者とその家族がたくさん住んでいたんだろうね」

灰色にくすんだ団地の建物が向かい合うように立っていた。

間にある公園には、さびたブランコやすべり台、塗装のはげたコンクリート製の動物が並んでいる。ボロボロの三輪車やぬいぐるみも落ちていた。

「真実くん、この団地なら、ドアがたくさんありそうだね！　入ってみようか」

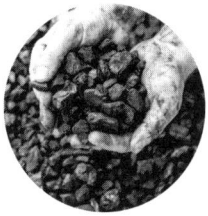

石炭
植物などが数億年～数千万年かけて変化してできた化石燃料。石油がエネルギーの主力になる以前は、石炭が多く使われていた。

炭鉱
地下に埋まっている石炭を掘り出す鉱山。日本では海外から石油が輸入されるようになると、国内のほとんどの炭鉱が閉山した。

真実はポツリと言う。
「いや、健太くん、この団地の部屋は一軒一軒それほどの大きさはないようだから、見るまでもないかもね」
「え？　こんなに部屋があって、たくさんドアが並んでいるのに？」
「ちょっと気づいたことがあるんだ。もう日が暮れるから、いったんみんなで集まって話し合おう」

●

真実の呼びかけで、両チームは宿泊施設にある部屋に戻って作戦会議をすることになった。
そのころにはあたりはすっかり暗くなっていた。丑の刻の午前1時まであと6時間だ。
「すみません……わたくしがおろかでありました！　完全にもくろみが甘かったです。早めに3番目のドアを見つけるはずが、見つからないままこんな時間になってしまいました」
尾狩刑事はあせったように言った。表情にも疲労の色が隠せない。

「真実くんが気づいたことって何なの？」

健太がたずねた。

真実がうなずき、みんなに語りはじめる。

「ぼくたちは今までそれぞれアパートや団地など、ドアがたくさん並んだ大きな建物を探してきました。だけど、ただドアが三つ並んでいる場所ではないと思いました。なぜなら、この『3番目のドア』という表現が非常に重要だからです」

「それ、わたしたちも思った！　ちょうどアパートでドアが三つ並んでたけど、どこから数えて3番目なのかって、すごくあいまいだねって、尾狩刑事と話してたの」

「美希さんの言うとおり。3番目と言うからには、ある一つの空間があって、そこに入り口があり、一歩入って見渡すと、三つ以上ドアが並んでいる場所である可能性が高い」

健太は考えをめぐらせる。

「え～、部屋に入って、またドアが三つ以上並んでいるような場所？　そんなのあるかなあ」

「うん、ぼくたちが学校でもよく行く場所だよ」

真実の言葉を受けて、頭をひねっていた健太がハッとして声をあげる。

「そうか、トイレだ!!」

「そのとおり。3番目のドアがある場所とはトイレのことじゃないかな？　尾狩刑事、時間も迫っているから、このあとの探索は個室が三つ以上並んだトイレに絞りませんか？」

「なるほどであります。ぜひそういたしましょう！　では探索再開します」

尾狩刑事が席を立った。そのとき、

ググググーッ　ギュルルルーッ

大きな音が部屋に鳴り響いた。

「ごめんなさい！　こんなときだっていうのに、おなかの虫が言うこと聞いてくれなくって」

美希は、照れくさそうに頭をかいた。

尾狩刑事はハッとする。

「すみません！　ごはんの時間をうっかり失念しておりました！」
「いえ、1時まで6時間しかないし、時間がもったいないですよ！」
美希は言ったが、尾狩刑事は首を横に振る。
「いえいえ、それはいけません。わたくしは難しい捜査のときほど絶対に食事と休憩だけは欠かさないようにしているのです。ごはんを食べたあとに再開といきましょう」
「ぼくも尾狩刑事の意見に賛成です。脳の活動にはブドウ糖が必要だからね。食事をとらない状態で続けても集中力が出なくて非効率かと」
尾狩刑事と真実の言葉で、みんなは短い食事休憩をとることになった。

●

宿泊施設にある調理場で、尾狩刑事がものの20分ほどでカレーを作ってくれた。
「実はぼくもペコペコだったんだ。おいしい～!!　おかわり食べていいですか？」
健太はあまりのおいしさにあっという間にペロリと一皿たいらげて、すぐさまおかわりした。

美希もおいしいおいしいと言ってパクパク食べた。

「尾狩刑事って、とっても料理上手ですね！短時間でささっとこんなおいしいカレーを作っちゃうなんて」

「非常に深みとコクがありますね。何か隠し味はあるんですか？」

「さすがであります、真実さん。よくぞ気づいてくれました。実は一晩寝かせたようなコクを出すために、隠し味として金平糖を入れているのであります」

「え、金平糖!?」

健太と美希は同時に驚きの声をあげた。

「はい、隠し味に糖分を入れると、味にコクと深みが出て格別においしくなるのであります」

「なるほど、たしかに砂糖とたんぱく質を加熱すると、メイラード反応が起きてコクが出ますね」

真実は納得した。

「……アリスもこのカレーが大変好きで、いつもたくさんおかわりしてくれました」

尾狩刑事はそう言うと寂しそうな顔になった。

健太、美希、真実はその様子に思わずカレーを食べる手を止めた。

「あ、すみません！　みなさんが喜んでわたくしのカレーを食べてくれる姿に、妹の姿を重ねてしまって……不覚にも感傷的になってしまいました。カレー、まだまだあるんでたくさん食べてくださいね！」

なんとか場の空気をとりつくろうと尾狩刑事はぎこちなく笑った。

食事を終えた一同は、探索を再開するために宿泊

施設の前に集まった。
「新たな視点を得るためにペアを変えて、真実さんと美希さんのチーム、そしてわたくしと健太さんで回りましょう。みなさん、これを腕につけてください」
尾狩刑事はそう言って腕時計を真実、美希、健太たちに配った。
「丑の刻、夜中の1時になるとアラームが鳴るように設定しました。0時50分までにドアが三つ以上並ぶトイレを見つけて、それぞれ3番目のドアの前で待機。そしてアラームが鳴ったら3回ノックしてください」
真実は腕時計を身につけながら何かを考えていた。

真実と美希は北側の集落あとに向かい、島の端のほうまで来ていた。
美希が前方に何かを見つける。月明かりに照らされて、丘の上に、3階建ての大きな建物が立っていた。
「真実くん、あれ、何かな??」
「学校か病院の可能性が高いと思う。昼間あれだけ歩き回っても、学校と病院が見つからなかったことがずっと引っかかっていたんだ。この規模の島なら、どちらも必ずあるはずだからね」

美希は腕時計を見る。

「うん。行ってみよう！　あそこなら広いトイレがありそう。残り時間を考えると、あの建物で待機することになりそうだね」

一方、尾狩刑事と健太は、南側の集落の探索を続けていたが、いっこうに三つ以上ドアが並んだトイレを見つけられないでいた。

「どうしましょう、あと30分で丑の刻になってしまうのであります。しかし南側の集落あとには、もう、三つ以上ドアが並んだトイレは見つかりそうもありません」

あせっている尾狩刑事のもとに、美希から電話がかかってきた。

「尾狩刑事！　わたしたちは島の北端にある病院にたどり着きました。ここの男子トイレと女子トイレに三つの個室を見つけました！　わたしたちはここで待機することにします」

「承知いたしました！　気をつけてください」

尾狩刑事は電話を切る。
健太は極度の緊張からおなかに異変を感じ、尾狩刑事に申し訳なさそうに声をかけた。
「こんなときにすみません、尾狩刑事！　ぼく、トイレに行きたくなってきました」
「それでは、宿泊施設に戻って、トイレに行きましょう。トイレは建物の1階にありましたよ」

あわてて宿泊施設に戻った健太が男子トイレに入ると、個室のドアが二つ並んでいた。
「あれれ、そんなぁ……」
なんと二つのドアのどちらにも「故障中」の紙が貼ってあったのだ。
「昼間は普通に使えたのに、いつの間に故障したんだろ？
それにしても誰がこの貼り紙を？　管理人さんかな？
あれ、貼り紙になんか書かれてあるな」
よく見ると、「故障中」の文字の下には、次の文が書かれていた。

「別館地下2階のトイレをご利用ください」

健太は宿泊施設の前で待っていた尾狩刑事に報告した。

「尾狩刑事、ごめんなさい！　トイレが故障中で別館のトイレに行くのでちょっと時間がかかりそうです」

「え、別館!?」

「はい、貼り紙には、別館地下2階のトイレを使うように書いてありました。でも、別館ってどこなんだろ？」

尾狩刑事は首をかしげる。

「不可思議です。別館なんてあるのでしょうか？」

尾狩刑事と健太は宿泊施設の1階にあるドアを見つける。

ドアを開けると渡り廊下があり、進んでいくと地下へと続く階段があった。

「こんなところに地下への階段が……ここはいったい」

尾狩刑事は慎重に階段を下り、健太もついていった。
地下に下りて電気をつけると、長い廊下が続いていた。
部屋が並び、一番手前の部屋には「職員室」と書かれた古い札がかかっていた。
尾狩刑事が言う。
「もしや、ここは学校ではありませんか！　別館の地上部分は老朽化で壊され、地下だけ残っていたのかもしれません」
「まさか、宿泊施設の地下に学校があったなんて……。昔学校があった場所に宿泊施設が建てられたということかあ」
健太が声をあげた。
ふたりが廊下を歩いていると、ガタッと物音が聞こえた。
「え……トイレに貼り紙をした管理人さんかな??」
「宿泊施設を管理している人がここにいてもおかしくないですね。すみませーん！　誰かい

らっしゃるのですか？　わたくしたちは本日宿泊施設を利用している者です」
尾狩刑事は警戒しながら声をかけたが返事はない。

つきあたりにあった階段をふたりが下りていくと、

ウオオオオオ―オン
ウオオオオオ―オン

不気味なうなり声が建物に鳴り響いている。
健太は驚いてビクッとして立ち止まる。
「もしや、無念にも流刑地で死んだ亡霊の声!?」
「……いいえ、健太さん」
尾狩刑事が踊り場の天井近くの壁にある換気口を指さした。
「これは、換気口から地上の風が流れ込んでくる音であります」

健太はホッとする。
「なんだ、風かあ」
「丑の刻まで時間がありません。さあ、急ぐであります！」
尾狩刑事と健太は地下2階に到着した。壁にあるスイッチを見つけ電気をつけると、長い廊下が照らし出された。
尾狩刑事は健太と歩いていく。廊下の右側には教室が並んでいた。
その中のひとつのドアが開いていた。尾狩刑事がドアの隙間から中をのぞくと、教室の隅にポツンと人が立っていた。廊下の明かりが届かないのでハッキリとは見えない。
「もしや管理人さんですか？　すみません、この廊下の先にトイレはありますか？」
その人物は微動だにしない。
「……こんばんは」
健太も声をかけたが、反応はない。
尾狩刑事は教室に足を踏み入れ、眼鏡をクイッと押し上げて暗闇に目をこらす。
「ヒッ!!」

思わず小さく悲鳴をあげた。
体半分の皮膚が引きはがされて、内臓がむきだしになった男が立っていたのだ。
うしろからついてきていた健太もおそるおそるのぞき込むと大声で叫んだ。
「**出た、ゾンビだーっ!!**」
健太は腰を抜かし、ドンッと尻もちをついた。
尾狩刑事がもう一度暗闇に目をこらすと、何かに気づいた。
「すみません、人体模型でありましたね。わたくしのせいでムダに驚かせてしまいました。さあ、先を急がなければ！」
「もう、なんだよ。まぎらわしいなあ」
健太は人体模型を見るが、不気味さにぞっとしてあわてて教室を出た。
緊張しておなかが痛かった健太だが、いつしか予言の場所探しに夢中になって痛みがおさまっていた。
尾狩刑事と健太が廊下の奥にたどり着くと、「男子トイレ」と「女子トイレ」と書かれた

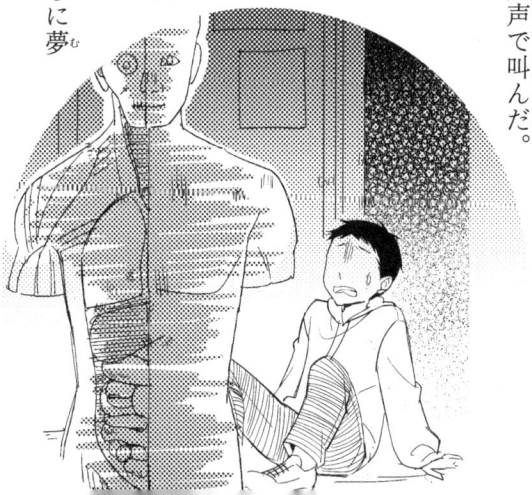

古い札がかかっていた。
健太は男子トイレのドアに手をかけて中をのぞく。
「尾狩刑事、ドアが三つ並んでいます！」
尾狩刑事も女子トイレのドアを開けてのぞいていた。
「はい、こちらの女子トイレにも三つドアが並んでいます。丑の刻まで、あと1分です。健太さんは男子トイレをノックしてください。わたくしは女子トイレを担当します！」
「はい！」
返事をした健太はおそるおそる男子トイレに入った。
壁には小便器が三つ並んでいて、その反対側に個室が三つ並んでいた。
「あれ……奥にある3番目のドアだけ、扉が閉まってるや」
3番目のドアの前にたどり着いた健太は腕時計を見ながら、緊張して呼吸を整える。
目をつぶって、ブツブツつぶやく。
「予言にある3番目のドアは見つけたいけど、どうか、ぼくのとこには出てこないでっ」
ピピピピピッ、ピピピピピッ、ピピピッ

アラームが1時を知らせた。
意を決してドアを3回ノックする。
コンッ、コン、コン
健太は息をのんでじっと待つ……。
(……このドアじゃなかったんだ)
ほっとしたその瞬間……。
「は〜い」
突然、少年の声が個室から聞こえた。
(え??)
健太の体は一瞬にして凍りつく。
ギギギーッと扉が開き、青い帽子をかぶった半ズボン姿の少年が出てくる。
少年は健太と同じような背格好なのに、頭だけが異様に大きい。直径1メートルはあるだろうか。

少年はじっとこちらを見ている。

「……ねえ一緒に遊ぼ？」

恐怖で身をかたくした健太は、言葉が出ずにガタガタと震える。

頭の大きな少年がニッコリとほほえむ。

「そうだ、鬼ごっこしよ？　ぼくが追っかけてキミを捕まえたら、あの世に連れていってあげるね」

少年はそう言ってにじり寄ってくる。

「ぎゃ、ぎゃーッ!!」

健太が叫び声をあげてトイレから飛び出した。

「どうしました、大丈夫でありますか!?」

叫び声を聞いて、女子トイレから廊下に飛び出してきた尾狩刑事が声をかけたが、パニックになった健太は一目散に廊下を走っていってしまう。

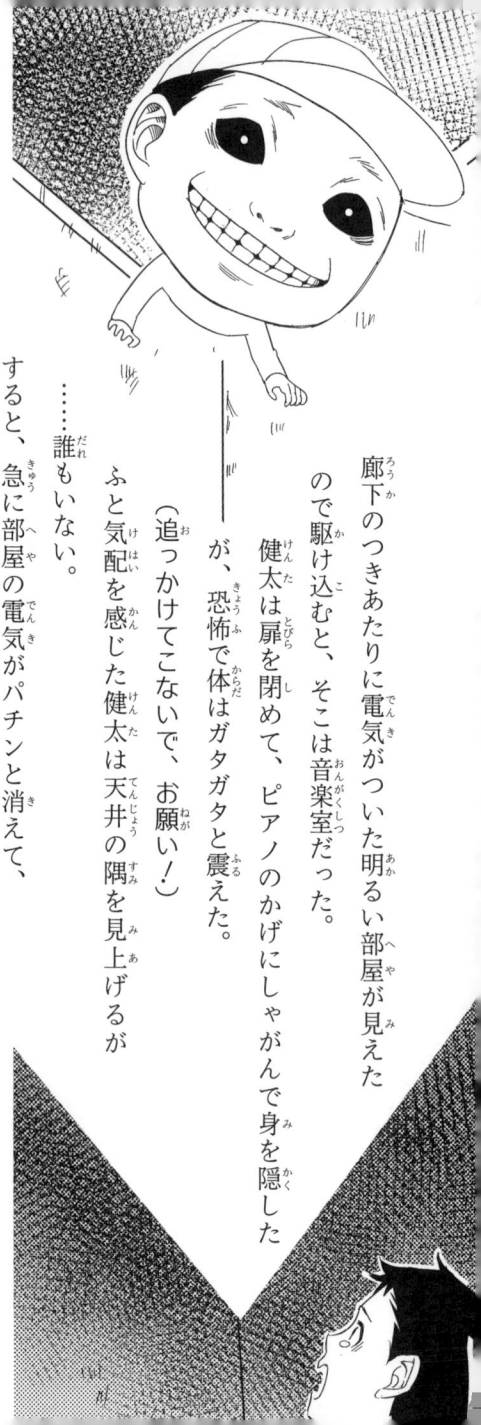

廊下のつきあたりに電気がついた明るい部屋が見えたので駆け込むと、そこは音楽室だった。

健太は扉を閉めて、ピアノのかげにしゃがんで身を隠したが、恐怖で体はガタガタと震えた。

（追っかけてこないで、お願い！）

ふと気配を感じた健太は天井の隅を見上げるが

……誰もいない。

すると、急に部屋の電気がパチンと消えて、天井の隅がライトでパッと照らされる。見ると、誰もいなかったはずの天井の隅に、先ほどの大きな頭の少年が壁に張りついて健太を見下ろしていた。

「見―つけた、遊ぼう」

「ぎ、ぎゃ―」

健太の悲鳴は廊下まで響き渡った。
健太はあまりの恐怖に絶叫し、音楽室を出たところで腰を抜かしてしまった。

●

北側の集落あとにある病院にいた真実と美希たちが、尾狩刑事からの連絡を受けてこちらに戻ってきた。
「まさか宿泊施設の地下に、学校の一部が残ってたなんて！」
美希は驚いていた。
「健太くん、大丈夫かい」
真実は廊下の隅でうずくまっている健太の前にひざまずいた。
「うん……なんとか大丈夫だよ」
健太もようやく落ち着いたようだ。
「健太くん、ここの男子トイレに妖怪が現れたんだって？」

「そうなんだ、美希ちゃん。ぼくが男子トイレの3番目のドアをノックすると、中から1メートルくらいの、こんな大きい頭をした少年が出てきたんだ！」
「え～、頭が1メートルもある少年!?」
「うん。追いかけられて、あまりに怖くて逃げ出したんだ。それで廊下を走ってつきあたりの音楽室に隠れたら、今度は天井の隅に、その少年が急に現れたんだよ!!」
「それって、トイレから音楽室に、瞬間移動したってこと??」
美希が驚きの声をあげた。
「そうなんだ。あれは絶対、本物の妖怪だよ!!」
「瞬間移動できる、巨大な頭をした少年って、何者だろう？」
美希は首をかしげる。
「トイレで起きる不可思議事件……追いかけてくる少年」
尾狩刑事は手帳をめくりだして、ハッとする。
「もしかしてトイレの太郎くんではないでしょうか！」
「トイレの花子さんだけじゃなく、太郎くんっていうのもいるんですか？」

美希が声をあげると、尾狩刑事はうなずく。

「そうなんです。トイレの花子さんはこちらに危害は加えない存在とされていますが、トイレの太郎くんが恐ろしいのは、遊ぼうと言ってきて、それで逃げだしてしまうと、どこまでも追いかけてきて、あの世に引きずり込まれてしまうというところなんです」

「そうか、ぼくが見たのはトイレの太郎くんだったんだ！　ぼくもその都市伝説を聞いたことあるよ」

真実が現場を見たいというので、太郎くんが出たという男子トイレを確認した。

中には誰もいなかった。

尾狩刑事が説明する。

「健太さんが悲鳴をあげて出てきたあと、わたくしは男子トイレの中を確認しましたが、そのときには太郎くんらしき人物はいませんでした」

真実が考えをめぐらせながら、口を開く。

「そして健太くんはトイレを飛び出して、音楽室まで逃げたんだね」

次に真実たちは太郎くんが現れたという音楽室を見に行った。
「健太くん、急にその少年が現れたということだけど、何か気になった点はなかったかい？」
健太はしばらく考えて、何かに思い当たる。
「そうだ、ぼくがここでドアを閉めて震えていたら、一瞬、部屋の明かりが消えて、その後に天井の隅が明るくなったと思ったら、そこに太郎くんが急に現れたんだよ。最初は誰もいなかったのに！」

「部屋の明かりが一瞬、暗くなった……」

そうつぶやくと真実は現場をよく見て回った。
すると、教室の壁にスポットライトを見つける。
そのライトは太郎くんが現れたという天井の隅を照らすように設置されていた。
真実は音楽室にもう一つドアがあることに気づいて、開ける。
「非常用階段が地上まで続いているね。ここから出て、地上も調べてみよう」

地上にあがった真実は、木の枝に布が引っかかっていることに気づく。

「あの布、何だろう？　見てみよう」

真実は木に引っかかっていた布を回収した。

それは縦横2メートルほどの、向こう側が透けて見える薄い布だった。

「あれ、この布に何か絵が描いてありますね」

尾狩刑事がそう言って布を広げると、そこには天井の隅の写真がプリントされていた。

考えをめぐらせていた真実が口を開く。

「おそらく天井につりさげられていたのはトイレの太郎くんの人形だね。この薄い布と、壁に設置されたライトを使えば、天井にトイレの太郎くんが突然現れたように見せることができる……。ナゾはすべて解けたよ」

ライトと薄い布をどのように使えば、トイレの太郎くんが突然現れたように見せることができるのだろうか？

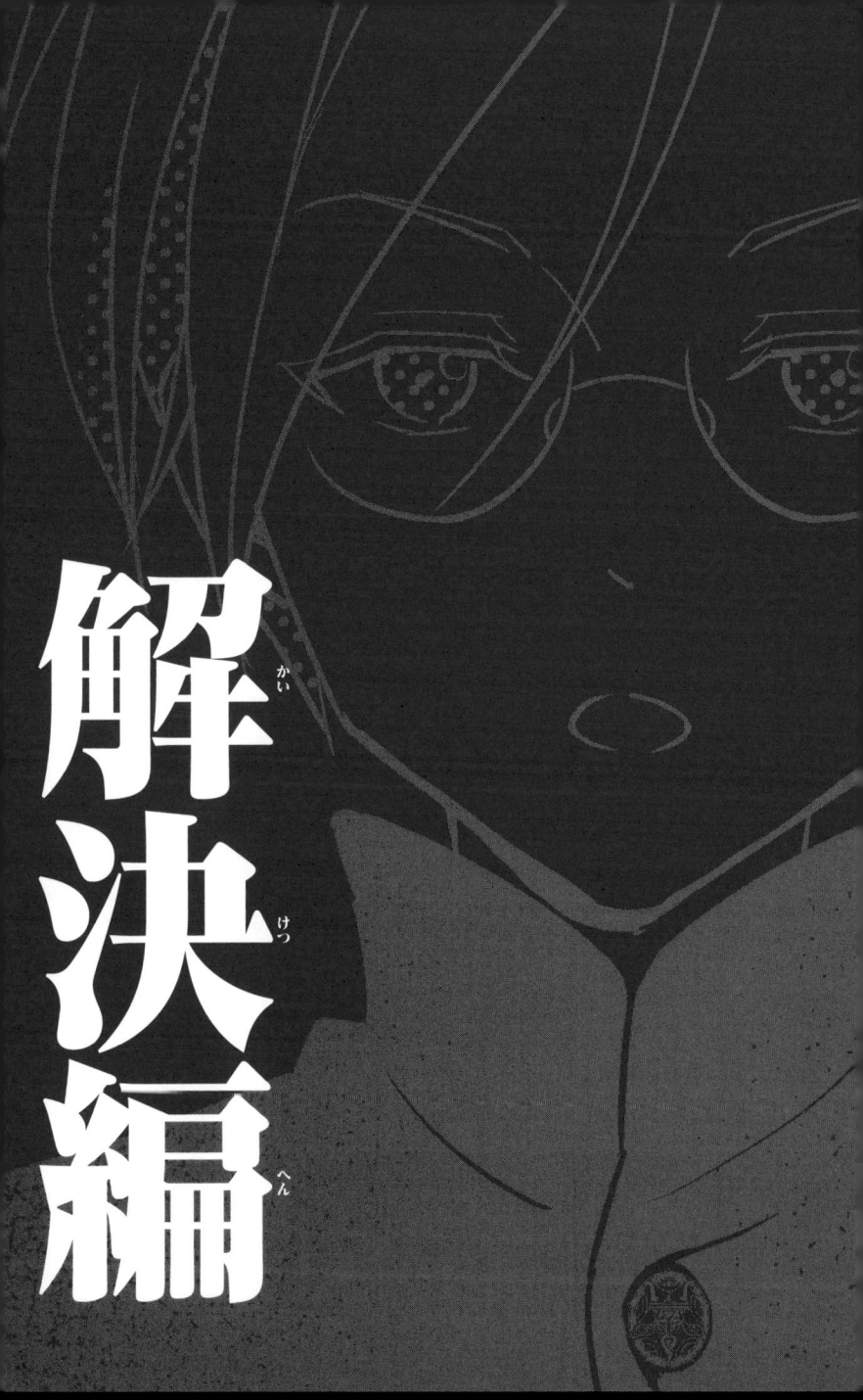
解決編
かい
けつ
へん

真実が解説する。

「これは、紗幕を利用したトリックだよ」

「なにシャマクって??」

健太が質問した。

「薄い布地で作られた幕のことだよ。健太くんが音楽室に逃げ込んだときには、さっき回収した天井の写真がプリントされた紗幕が音楽室の天井の隅に貼られていた。

そして、その裏には太郎くんの人形が準備されていたんだ」

「そうか。でも、最初は太郎くんは見えなかったけど……」

「光がカギなのさ。健太くんは太郎くんが現れる前に、部屋の電気が暗くなったと言っていたよね。部屋が明るいときは紗幕に光が反射してその裏側は見えない。でも部屋を暗くして、紗幕の裏側に設置されたスポットライトで太郎くんを照らすと、紗幕が透けて、急に太郎くんが現れたように見えたんだよ。これは舞台の演出でも利用されている手法だよ」

真実は眼鏡をクイッと持ち上げながら考えをめぐらせる。

紗幕のトリック

1

室内が明るいときは、紗幕に光が反射して中が見えない

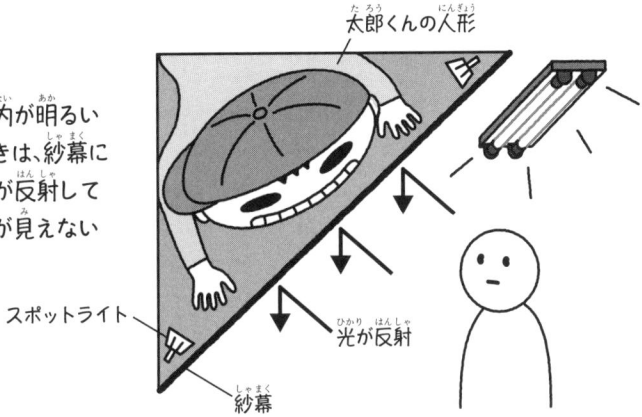

2

室内が暗くなりスポットライトがつくと、紗幕が透けて太郎くんが見える

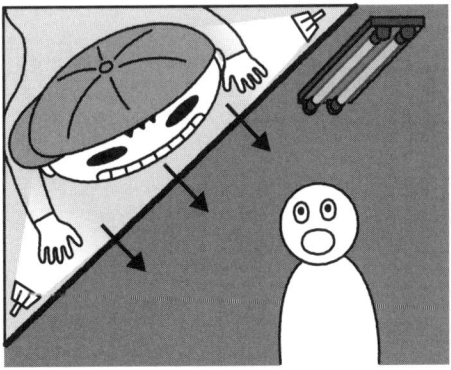

「トイレに現れた太郎くんは、おそらく誰かがかぶりものをしていたんだろう。トイレの近くにも非常口があったから、健太くんがトイレから逃げ出した隙に、かぶりものを脱いでそこから逃走した。そして音楽室の天井の隅から見下ろしていた太郎くんは人形で、別の人物がライトのスイッチの操作をしていた。音楽室から健太くんが出たあとに、紗幕と人形を外して、音楽室の奥にあった非常口から逃走したんだ。紗幕は木に引っかかって残してしまうというミスを犯したけどね。少なくともふたりの人物による犯行だね」

「ということは、やっぱり、この島にはぼくたち以外に誰かがひそんでいたんだ！昼間、お墓で見かけた人影も、きっとぼくたちのことを見張っていたんだよ」

健太が声をあげた。

尾狩刑事はハッとして音楽室の非常口から飛び出して、地上に続く非常階段を駆け上がった。健太たちもあわてて、あとを追う。

宿泊施設に戻った尾狩刑事は屋上に上がって周囲を見渡す。宿泊施設は丘の上に立っていて周囲がよく見通せた。

「あ、あそこにいるのであります！」

尾狩刑事が指さした方向を、遅れてやってきた真実たちも見る。

月明かりに照らされた道を走っていく人影が見えた。

「絶対に逃しませんよ！　ではお先に」

「え!?」
健太と美希は驚きの声をあげる。
尾狩刑事は屋上の柵をまたぐと、外壁に取り付けられている排水管につかまって下りはじめたのだ。
「気をつけて！　尾狩刑事!!」
健太が心配して声をかけた。
尾狩刑事は健太を見て、無言でコクリとうなずくと、最後はエイヤッと地面に飛び降りて、駆けだした。
見守っていた健太たちも尾狩刑事が無事に地面に下りたことにホッとして、階段であとを追いかける。
尾狩刑事は、月明かりに照らされた夜道を逃げていくふたりの背中をがむしゃらに追いかける。
どんどん距離を縮めて、その背中が30メートル先に迫った。

「そこのふたり、ちょっと待ちなさいっ!!」

彼らは止まらないどころか、崖の上に生い茂った草をガサガサとかきわけて崖の先端へと進んでいく。

「観念しなさい！　もう崖です。逃げ場はありませんよ!!」

尾狩刑事も生い茂った草をガサガサとかきわけて、崖の先端までやってきたが、周りを見回しても、その人物たちの姿はなかった……。

真実たちも遅れてやってきた。

尾狩刑事が懐中電灯で崖の下を照らして確認している。

「すみません！

この崖に追い詰めたのですが……

消えてしまいました」

健太と美希もこわごわと崖の下をのぞくと、月明かりの中、荒い波が打ちつけているのが見えた。

「こんな崖で消えたなんて……」

美希は絶句した。

「……やっぱり神の使いなのかな!?」

健太はポツリと言った。

「残念ながら犯人をとらえることはできなかったけれど、トリックはひとまず解明できたね」

真実はそう言うと、マントの下から予言の書を取り出すとページをめくって巻末を見た。

「今回の予言のトリックは紗幕だったということは……布の絵が書かれてある、ここだね」

そこには「13」と書かれてあった。

「じゃあマス目に『1』『3』と書いて。真実くん、次の予言は何て書かれて

13

	3	5	.	6	6	4	2
1	3	□	.	□	□	□	□

あるの？」

真実が、トイレの太郎くんの予言の次のページをめくる。

『小望月の夜。卯の刻。
子隠れの聖なる山に、大いなる神の足音ひびく』

尾狩刑事が口を開く。

「次の不可思議事件は、山で起きるということで間違いなさそうでありますね」

「……あ、この『子隠れ』って、もしかして花森町の北東にある『古賀暮山』のことかな!?」

美希が声をあげた。

「古賀暮山？　ぼく登ったことあるよ」

健太も家族でハイキングに行ったことがあるのだ。

美希が語る。

「実は最近あの山がネットをざわつかせてるんだよね。あそこには昔からダイダラボッチの伝説があるんだけど、最近、古賀暮山で巨大な人影を見たという人がたくさんいるみたい」

「……トイレの太郎くんの次は、ダイダラボッチか……」

健太が不安げにつぶやいた。

美希が何かを思い出す。

「あ、そうだ。尾狩刑事、さっき地下の校舎から出るときに何か踏んだと思ったら、これでした」

そう言うと、尾狩刑事に何かを手渡した……。それは数粒の金平糖だ。

「え、あんなところに？　カレーの隠し味に入れたからかな」

健太が不思議そうに首をかしげた。

「……いえ、校舎に落ちていたとしたらアリスのものかもしれません。あの子も金平糖が大好きで常に持ち歩いて、考え事をするときにポリポリと食べていましたから」

尾狩刑事は金平糖を手にすると、こらえていた思いが込み上げて涙ぐんでしまう。

美希が金平糖を見つめて言う。

「……じゃあ、やっぱりアリスちゃんもここに来てたんだ」

尾狩刑事は手にしていた金平糖をギュッと握りしめてつぶやく。

「……アリス、絶対助けるからね」

SCIENCE TRICK DATA FILE

科学トリック データファイル

光を通す布と遮る布

薄くて光をよく通す「紗幕」は、明るさによって向こう側が見えたり見えなくなったりしました。一方で、光を遮る布もあります。違いは何でしょうか。

光がものに当たると、一部は反射し、一部は通り抜け（透過）、一部は吸収されます。全体の光

光の量は変わらない

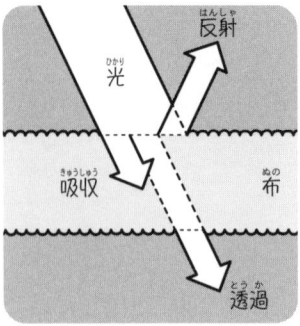

＊実際は光は物質を通るときに屈折します

光がものに当たって分散しても、その全体の量は変わらない。これを「エネルギー保存の法則」と呼ぶ

の量は変わらないので、光を遮るためには反射か吸収をしやすくする必要があります。布の場合は、使う糸の色や性質、目の細かさなど、さまざまな条件によって光の透過率が変わります。

例えば、紫外線カットの生地は、細かい金属の粒を練り込んだ糸を使って紫外線を反射させたり、薬剤で紫外線を吸収したりしています。

色で暑さも変わる!?

暗い色は太陽光をよく吸収するため、太陽の下で黒い服を着ていると、白い服より熱を感じる

魔の山の巨人

ボッチ
ダダラ
イ

「うわあ、紅葉がきれいだなあ！」
車の窓から外の景色を見て、健太が声を張り上げる。
「健太くん、遠足に来てるわけじゃないんだから」
美希はそう言って、はしゃぐ健太をたしなめた。
水神島での恐怖体験から、6日後――。
真実、健太、美希の3人は、尾狩刑事が運転する車で「古賀暮山」を目指していた。
『予言の書』に書かれた「子隠れの聖なる山」とは、花森町の北東にある「古賀暮山」のことではないかと考えたからだ。
古賀暮山には昔からダイダラボッチの伝説がある。実際に巨人らしき人影を見たという目撃談も多く、「大いなる神」とはダイダラボッチを指しているものと思われた。
「ダイダラボッチって、富士山や琵琶湖をつくった国造りの神様なんだよね？　山よりも大きな体をした妖怪だけど、人間の味方なんだ」
妖怪好きの健太は、ダイダラボッチに会えるかもしれないという期待に、胸をときめかせている。しかし、美希は顔をしかめながら、こう言った。

「一般的なダイダラボッチは、穏やかな性格で、人間に悪さはしないって言われてるけど、古賀暮山のダイダラボッチは、ちょっと違うの。子どもを神隠しに遭わせて、食べてしまうって言われてるのよ」

キキキイイイ――ッ!!!

そのとき、突然、尾狩刑事が急ブレーキを踏んだ。

「えっ、尾狩刑事、どうしたんですか!?」

「動物でも飛び出してきたの!?」

健太と美希が目を白黒させるなか、尾狩刑事は車を路肩に止めると、こわばった表情で美希にたずねた。

「美希さん、今のお話、本当でありますか!?」

「えっ、いや、まあ、ネットに書いてあった情報だけど……」

美希はとまどいながら答える。

「わたくしが調べたところでは、アリスをはじめ行方不明になった子どもたちは、みな古賀暮山に行き、そこから消息が途絶えてしまったことがわかったんです」

尾狩刑事は不安に駆られ、思わず車を止めてしまったらしい。

そんな尾狩刑事を慰めるように、真実は言った。

「心配する必要はありません。アリスさんは、すべてのナゾを解いた先にある『きさらぎ駅』にたどり着いています。つまり、そこまでは無事だったという証拠です」

しかし、尾狩刑事は、なおも暗い表情でつぶやいた。

「実は……巨人がこの地球上に実在していたという話があるんです。世界各地で巨人の骨が発見されているらしくて……」

「えっ、巨人の骨!?」

健太は目を丸くする。

「ずいぶん前の話ですが、アメリカの大手新聞が、ある湖の底から身長3メートルほどの巨人の骨が見つかったと報じたことがあったといいます。記事によると、発見された巨人の頭蓋骨には歯が2列に生えていて、手足の指が6本あったとか」

「ええっ!?」

「ヨーロッパで、とてつもない大きさの人骨が発見されたという話もあります。またアフリカ南部のある国では、長さ1・2メートルの巨人の足跡が発掘されたとか。足跡から推定される身長は、約7・5メートル――」

「7・5メートル!?」

健太は驚きのあまり、倒れそうになった。

(古賀暮山のダイダラボッチも、もしかしたら本物の巨人なのかもしれない……)

健太は、行方不明になったアリスや子どもたちのことが心配になりはじめた。

花森町を出発して2時間、一行は古賀暮山の登山口に到着した。

『小望月の夜。卯の刻。子隠れの聖なる山に、大いなる神の足音ひびく』

予言の書に記された「小望月」の月が出るのは、明日だ。

「卯の刻」は、午前5時から7時の間の時間をさす。
一行は古賀暮山の頂上付近にあるキャンプ場に1泊し、早朝の5時から7時の間に「大いなる神の足音ひびく」という現象が起きるのを待とうと考えていた。
尾狩刑事は、車を登山口の駐車場に止める。
ここから先は、徒歩で山を登らなくてはならない。
「この道をまっすぐ北へ向かえば、頂上にたどり着くことができるのであります」
尾狩刑事は、地図を見ながら言った。
「今日は方位磁針を持参してきましたので、方向音痴のわたくしでも道に迷うことはありません。みなさん、安心してわたくしについてきてください」
先頭に立って歩きだした尾狩刑事は、みんなの分の食料やテントなどたくさんの荷物を背負っている。重い荷物をものともせず、シャキシャキ歩く尾狩刑事をたのもしく感じながら、健太たちもあとに従い、歩きはじめた。
ところが、しばらくして――。
(あれ？　尾狩刑事、どうしたんだろう？)

方位磁針とにらめっこしながら歩いていた尾狩刑事が、突然、道をそれ、崖っぷちに向かって歩きだしたのだ。

「危ない!!」

健太が叫んだときはすでに遅く、尾狩刑事は足を踏み外し、崖から転落しかけていた。そのとき、前を歩いていたひとりの登山客が、とっさに気づいて尾狩刑事の手をつかむ。

がっし!!!

登山客は、尾狩刑事を崖の上に引きあげると、こう注意した。

「ちゃんと前を見て歩かないと危ないぞ！」

その顔を見て、健太は驚く。

「**ハマセ……浜田先生!?**」

尾狩刑事を助けたのは、なんとハマセンだったのだ。

ハマセンこと浜田典夫先生は、花森小学校の6年の学年主任。最近、ソロキャンプにハマっていて、週末はあちこちの山へキャンプに出かけているらしい。

「この古賀暮山は、ゼロ磁場といってな、理由は知らんが、方位磁針が使えなくなる場所らしいんだ」

「すみません。そうとは知らず、わたくしは方位磁針だけを見て歩いていました。ご迷惑をおかけして、誠に恐縮であります」

尾狩刑事はハマセンに深々と頭を下げ、ていねいにお礼を言った。

ハマセンは面食らう。

「いや、まあ、あんたが無事なら、それでいいんだけど……」

一方、「ゼロ磁場」と聞いて、健太は目を輝かせた。

「ゼロ磁場って、ぼく、知ってるよ！　オーラの写真が撮れたり、『気』の力で体の調子がよくなったりするパワースポットなんだよね!?」

「おお、宮下、よく知ってるな！　そう、ゼロ磁場は最強のパワースポットって言われてるんだ！　うわさどおり、効果はバツグンだぞぉ～！」

ハマセンはここ数日、ギックリ腰を患っていたが、ゼロ磁場である古賀暮山に足を踏み入れたとたん、コロッと治ってしまったらしい。

「ほら、このとおり！」

スキップをしてみせるハマセンを見て、美希は真実にたずねた。

「ゼロ磁場のパワーでギックリ腰が治るって、本当かな？」

それが事実なら、美希は学校新聞の記事にしようと考えたのだ。

しかし、真実は淡々と答える。

「さあ、どうだろう。パワースポット自体に科学的根拠はないからね」

頂上への道々、尾狩刑事はハマセンに、行方不明の妹・アリスのことを打ち明けた。

「妹は、昔から好奇心が強い子でありました。でも、まさか、こんなところにひとりで来てしまうほど無鉄砲な子だったとは……」

つい、愚痴っぽい口調になってしまった尾狩刑事に、ハマセンは明るい声で言う。

「妹さんは、冒険がしたかったんじゃないか」

「冒険……でありますか？」

「オレにも身に覚えがある。ガキのころ、町外れの森へ探検に出かけて、迷子になっちまったんだ。さんざん迷って、さんざん泣いて、ようやく家に帰り着いたときは夜中だった。親にはこっぴどく叱られたけど、ばあちゃんだけは『よくやった』って、頭をなでてくれたんだ」

「えっ、おばあさんは、心配をかけた浜田先生のことを、褒めてくれたのでありますか!?」

「『人間は失敗を繰り返し、大人になっていく。失敗を恐れていたのでは、ろくな大人になれない』ってのが、ばあちゃんの持論でな。まあ、さすがに40すぎても失敗ばかりしてると、小言を言われるけど」

ハマセンはそう言って、「ガハハ」と笑う。

「あんたの妹さんも、失敗を恐れない勇敢な子だ。だから、きっと無事でいるさ」

ハマセンの言葉に、尾狩刑事は少しだけ元気を取り戻したようだった。

一行はキャンプ場にたどり着いた。
キャンプ場には、午前8時から午後4時まで開いている管理小屋があった。
キャンプに来た人たちに道案内をしたり、薪などを売ってくれる施設である。
「この子たちに見覚えはありますでしょうか？」
尾狩刑事は、管理人をしている大学生ふうの男女に、行方不明になったアリスや子どもたちの写真を見せながらたずねた。
「ああ、覚えてますよ。山に来た日時はバラバラですが、子どもたちはなぜかみんな、その本を持ってました」
男性の管理人が、真実が手にした予言の書を指さしながら答える。
すると、横にいた女性の管理人も口を開いた。
「その本、世界科学コンクールに入賞した子どもだけに配られる特別な本だそうですね？どうりで……というか、みんな優秀そうな子どもたちばかりでした。……あの、その子たちの身に何かあったんですか？」

「この子たちは……
全員、行方不明になってしまったんです」

尾狩刑事が答えると、ふたりの管理人は顔をこわばらせる。

「……そうですか」

「一応、ぼくたちも注意はしたんですよ。子どもだけで山に来るのは危険だって」

「そんなことになるんだったら、あのとき、もっと強く言ってればよかった……」

管理人は後悔を口にする。

「いま思えば、気がかりな点はいろいろありました。

特に、この子のことはよく覚えています」

女性の管理人が指さしたのは、アリスの写真だった。

「この子は、先に山に来た子どもたちのことを、わたしにたずねてきたんですよ。わたしが『山に来たのは確かだけど、その後、どこへ行ったかはわからない』って答えると、急に思いつめたような表情になって……」

管理人は、そんなアリスを見て、心配になったという。

ちょうど小屋を閉める時間だったので「一緒に山を下りよう」と声をかけたが、アリスはきっぱりとした口調で、こう答えたらしい。

「ごめんなさい。先に行った仲間を助けなきゃならないんです」

アリスはそれだけ言うと、どこかへ走り去ってしまったと、管理人は重い口調で言った。

「予言の書は、世界科学コンクールの入賞者に配られていたんですね。どうやらアリスさんは、単なる謎解きの好奇心ではなく、その仲間を捜すために、この山に来たようだ」

真実の言葉に、尾狩刑事はしんみりしながら、うなずく。

「アリスは仲間思いの、勇敢な子だったんですね。わたくしは妹を誇らしく思います。でも……だとすると、よけい無茶をするのではないかと心配で……」

再び落ち込んでしまった尾狩刑事を、健太と美希は不安げに見つめた。

その視線に気づいて、尾狩刑事はハッとする。

「いけません。クヨクヨしてる場合じゃなかったですね。暗くならないうちに、テントを設営して、みなさんの夕食を用意しなければっ！」

尾狩刑事はテントを取り出そうと、荷物を引き寄せた。だが、その瞬間――。

「わわっ、大変であります！」

リュックの上にくくりつけた、荷物のひとつがなくなっていることに気づいたのだ。

「崖から落ちそうになったとき、木か何かに引っかけて落としてしまったのかもしれません。……どうしましょう。あの荷物の中には、テントと人数分の食料が入ってて……」

（えっ、じゃあ、今夜は夕飯抜きで、野宿ってこと!?）

健太はショックを受ける。しかし、ドンヨリとなった尾狩刑事を前にして、とてもそのことを口に出しては言えなかった。

すると、そこに――。

「大漁だぁ――っ!!」

近くの川に釣りに行っていたハマセンが、なんと体長1メートルもの巨大ナマズを釣ってきたのだ。

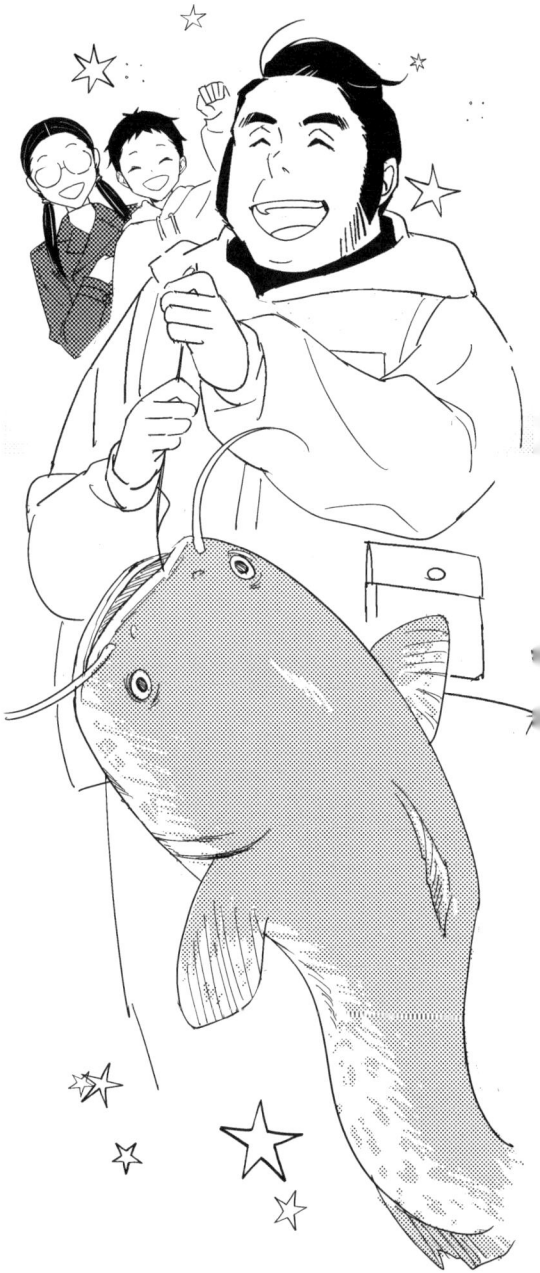

「うわあ、すごい！」

健太は目を輝かせる。

「浜田先生、さすがであります！」

落ち込んでいた尾狩刑事も、思わず顔をほころばせた。

「それ、食べられるんですか？」
美希はおそるおそるたずねたが、「おうよ！」と、ハマセンは胸を張って答える。
「ナマズは唐揚げにすると、うまいんだ！」
ハマセンは尾狩刑事に手伝ってもらい、巨大ナマズをさばいて、山盛りの唐揚げを作った。

「そら、みんな、熱いうちに食え！」
ハマセンが促す。
ためらいながら箸を伸ばした美希は、一口食べて言った。
「意外とおいしい！」
「うん、うなぎみたいな味だね！」
腹ぺこだった健太は、箸が止まらなくなる。
ハマセンのおかげで、一同はおなかいっぱいの食事にありつくことができたのだった。

「あの……すみません。テントを無くしてしまったので、子どもたちだけでも浜田先生のテントに泊めていただけないでしょうか？」
食事が終わると、尾狩刑事はハマセンに頼んだ。
「おお、いいとも。……ていうか、テントを無くしたんなら、あんたらがオレのテントを使えばいい。オレは野宿でも平気だから」
ハマセンはそう言って、ひとつしかない自分のテントを尾狩刑事にポンと差し出した。

「ありがとうございます。重ねがさね恐縮であります」
しかし、組み立ててみると、ハマセンのテントはひとり用で、とても小さかった。
「これじゃ、4人はムリだね」
「誰がテントに寝るかは、ジャンケンで決める？」
美希と健太が不安げな表情でささやき合っていると、ハマセンは笑いながら言った。
「なーに、テントぐらい、長めの枝が数本あれば作れるさ」
ハマセンはみんなに手伝わせて、林の中から、2メートルぐらいの長さの木の枝を8本拾ってきた。キャンプ場に生えた小ぶりな木を見つけると、その周囲に円を描くように枝を立てかけていく。そして、枝の上部をひもで木に結びつけ、すきまを短い枝で補強していった。
「これで骨組みはバッチリさ。ここにレジャーシートとか、雨具のポンチョとかをかぶせれば、立派なテントになる」
ハマセンは、みんなから集めたレジャーシートを枝にかぶせる。
すると、即席のテントができあがった。

即席テントの作り方

家から持っていくもの　・ひも 1本(1mぐらい)　・はさみ　・レジャーシート

1 柱にできる木や棒がある平らな場所を探し、周囲の雑草や石、ごみを取り除く

材料
- 柱となる木
- 長い木の枝 8本(1～2mぐらい)
- 短い木の枝 40本ぐらい
- 枯れ葉、大きな葉っぱ、花、布切れなど

2 柱の周りに長い木の枝を円を描くように、立てかけてひもで結ぶ

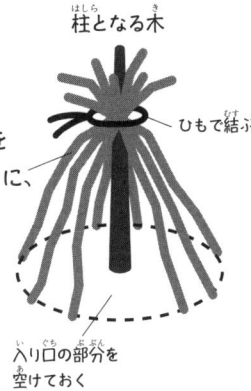

3 短い木の枝を立てかけたり、水平に編み込んだりしてからレジャーシート、枯れ葉、大きな葉っぱ、花、布切れなどをのせる

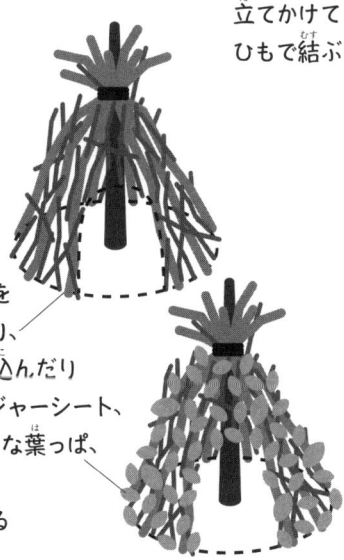

「わあ、すごい！　冒険家のおうちみたい！」
大はしゃぎする健太に、ハマセンは言う。
「レジャーシートも何もないときは、葉っぱをかぶせればいい。工夫ひとつで雨つゆをしのぐ家ぐらい、簡単に作り出せるのさ」
「浜田先生って、たくましいんですね」
尾狩刑事は感心する。
「そうだね。文明が崩壊しても、浜田先生なら生きていけそう」
美希が言うと、「もちろんだ！」とハマセンは答え、大笑いするのだった。
ハマセンが持ってきた本物のテントはサイズが小さかったので、尾狩刑事と美希のふたりで使うことになった。そして、木の枝で作ったテントのほうには、真実、健太、ハマセンが川の字で寝ることになった。
木の枝のテントの中、真実は耳栓をして、スヤスヤと眠りにつく。
しかし、健太は、ハマセンのイビキがうるさくて、なかなか寝つけなかった。

ようやく眠りについたと思ったら、明け方近く、あまりの寒さで目が覚める。
時刻は午前4時――卯の刻まで、あと1時間だった。
テントの外に出てみると、あたりは真っ暗だ。
しかし、真実をはじめ、ほかのみんなは、すでに起き出していた。
尾狩刑事は「パトロール」と称して、落ち着きなくあたりを歩き回っている。
美希はテントの前で、ガタガタと震えていた。
「寒くて、とてもじゃないけど、寝てられなくて……」
「うん、ぼくもだよ。それにダイダラボッチが現れるかもと思うと、気が気じゃないし」
「健太くん、実はさっきネットを検索していたら、骨だけじゃなくて世界各地で巨人そのものが目撃されてることがわかったの」
「えっ、ほんとに!?」
「ほら、この動画を見て。台湾に、半透明の巨人が現れたって」
「半透明の巨人!? もしかして宇宙人じゃない!?」
健太と美希のやりとりを聞いて、ハマセンは大笑いする。

「ガハハ、安心しろ。巨人だろうと、宇宙人だろうと、オレがプロレスの技でやっつけてやるさ」

ハマセンはゼロ磁場のパワーは信じていても、この山に伝わるダイダラボッチの伝説は信じていないようだった。

「のどが渇いたな。ちょっくら水を飲みに行ってくるわ」

のんきにそんなことをつぶやくと、その場を離れていく。

時刻は午前5時——予言の書に書かれた「卯の刻」になっていた。

尾狩刑事は相変わらずせわしなくあたりを歩き回っていて、テントの前には、健太、美希、真実の3人だけが残っている。

ガサッ!!

近くのやぶが大きく揺れたのは、そのときだった。

健太は、思わず「ひっ！」と、叫んで飛びあがる。

「健太くん、あれはシカだよ」

真実に言われて、よく見ると、やぶから出てきたのは、1頭の野生のシカだった。

「はあ〜、なんだ、シカかあ……」

健太はホッとしたが、恐怖がおさまったわけではない。

巨人は、いつ現れるかわからなかった。

そのころ、ハマセンは山の頂上に向かおうとしていた。

古賀暮山の頂上には、湧き水がある。その水は、ゼロ磁場のパワーが宿る天然水として、もてはやされていた。ハマセンは、どうしてもその水を飲んでみたくなったのだ。

頂上は、キャンプ場からさほど遠くない。管理小屋の脇の一本道を登っていけば、たどり着くことができる。

ハマセンは懐中電灯で道を照らしながら、山を登りはじめた。

道幅はけっこう広く、滑り止めのためだろうか、道の表面には白っぽい砂がまかれている。

「ウオオオオオ――ッ!!!」

獣の咆哮のような恐ろしい声が聞こえてきたのは、そのときだった。

ハシリ

「えっ、なんだ!?」

ハマセンが、キョロキョロとあたりを見回していると――。

ズシーン!!!

すぐ右手で、地響きのような音がして、砂が跳ねあがった。

「なんだこりゃ!?　まさか……」

それはまるで透明な巨人が、大きな足で大地を踏みつけたかのようだった。

恐怖に駆られたハマセンは、とっさに走って逃げる。すると――。

ズシーン!!!

今度は左手で地響きがして、砂が舞いあがった。

「ひえええええええっ!!!」

ハマセンは、ただもう逃げるしかなかった。

ズシーン!!!　ズシーン!!!　ズシーン!!!

見えない巨人は足音を響かせ、砂を巻きあげながら追いかけてくる。

「た、助けてくれえええ〜〜〜!!!」

ハマセンは、泳ぐように手足をバタつかせながら、山道を登り続けた。

逃げて、逃げて、ようやく頂上へとたどり着く。

すでに夜は明け、あたりは朝もやに包まれていた。

足音が聞こえなくなり、ホッとしたのもつかの間——。

「うわあああああっ!!」

目の前の光景を見て、ハマセンは思わず叫んだ。

朝もやの中に、身長7メートルはあろうかと思われる、巨大な人影がたたずんでいたのだ。

あとずさりしようとしたが、足がもつれ、うしろに倒れる。

ハマセンは、そのまま、気を失ってしまったのだった。

そのころ、キャンプ場にいた健太たちも、騒然となっていた。

テントのところに戻ってきた尾狩刑事の姿を見るなり、健太はこわばった顔で告げる。

「遠くからズシーン、ズシーンっていう足音が聞こえてきたんです！　あれはきっと巨人の足音ですよ！　そのあと、ハマセンの叫び声がっ……！」

「わたくしも、同じ音と叫び声を耳にしたのであります！　浜田先生の身に何か起きたのかもしれません！」

一同はハマセンの姿を捜し、キャンプ場の中を走り回った。

「見て！　巨人の足跡よ！」

管理小屋のところにやってきたとき、美希がすぐ横にある道を指さし、叫んだ。
白い砂がまかれた道には、くっきりと、地面に深くめりこんだ足跡が残されている。
その足跡は、長さ1メートルはあろうかと思われる巨大なものだった。
「巨人だ!!　本当にいたんだ!!」
健太は身震いした。
巨大な足跡は、山頂に向かって、右に左にと交互に続いている。
大きな足跡と足跡の間には、ハマセンのものと思われる人間の大人のサイズの足跡も残されていた。
「ハマセンは、ダイダラボッチに追われて逃げたんだ!　もしかしたら、今頃は……ダイダラボッチに食べられて……」
健太は胸がつぶれそうになる。
「とりあえず足跡をたどってみよう。浜田先生のところにたどり着けるかもしれない」
真実の言葉に、一同は勇気を振り絞り、足跡をたどりはじめた。
歩きながら健太は、次第に絶望的な気持ちになっていく。

「ハマセン……無事でいるわけないよね？
いま思えば、けっこういい先生だったのになあ……」
「ちょっと健太くん！　縁起でもないこと言わないでよ！」
美希は憤慨する。
「でも、これだけハッキリと足跡が残されてるんだよ!?　1メートルもある足跡なんて、巨人以外の何だっていうの!?」
健太がそう言い返すと、尾狩刑事も暗い表情でうなずいた。
「やはりこの山には、本物の巨人がいるのかもしれません。アリスも、ほかの子どもたちも、浜田先生も、今頃は……」
尾狩刑事は、込みあげてくる思いを抑えきれなくなったようだ。
「アリス!!」
そう叫びながら、駆け出していく。
「尾狩刑事、待って！」
健太たちもあわててあとに続いたが、尾狩刑事の姿は、またたく間に朝もやの中に消え、見えなくなってしまった。

しばらくして――。

「**きゃあああっ!!!**」

「尾狩刑事の声だ！」

「何かあったのかな!?」

悲鳴が聞こえてきたのは、山頂のほうからだ。

健太、美希、真実は、必死で山道を駆けあがった。

頂上にたどり着くと、そこには、恐怖で固まっている尾狩刑事の姿があった。

「巨人は……
やはり本当にいたのであります！」

尾狩刑事が指さしたところには、たしかに巨人らしき人影があった。

しかも、それは……1体ではなく、4体だった。

「うわああっ、巨人だ!!　しかも、4人!?」

健太が叫ぶと、少し離れた場所から、聞き覚えのある声がした。

「ひえええっ、さっき見たときより数が増えてる!!」

声の主は、ハマセンだった。ようやく正気にかえったハマセンは、数が増えた巨人を見て、再び倒れそうになるほど驚いている。

「もうダメ……ぼくたち、みんな食べられちゃうんだ……」

健太はギュッと目をつぶり、両手を合わせて祈った。

しばらくして、おそるおそる目を開けてみたが、巨人たちはその場にたたずんでいるだけで、襲いかかってくるような気配はなかった。

（えっ……襲ってこない？　……ぼくたちを食べる気はないのかな？）

やはり、ダイダラボッチは優しい妖怪で、国造りの神様なのかもしれない――。

そう思い直してよく見ると、巨人たちの周りには、虹色に輝く光の輪があった。

（ああ、なんか神々しい……）

恐怖も忘れ、見入っているうちに、健太はこれと同じ光景を以前、見たことがあることに気づいた。
それは、※花森小学校の七不思議を調べていたときのことだった。
健太は旧校舎のプールで、似たような巨人の影を目にしていたのだ。
「これって、もしかして……？」
健太が問いかけると、真実はほほえみながら、うなずく。

「……そう、ブロッケン現象さ」

ブロッケン現象――それは霧に本人の影が映り込み、まるで巨大な人物の影のように見える現象のことだ。
有名なものには、アメリカ、カリフォルニア州のサンタ・ルシア山脈に現れる「ダークウォッチャー」がある。
朝夕の山の頂上に現れる巨大な人影を、人々は「ダークウォッチャー」と呼び、何百年もの間恐れていた。しかし、科学の進歩により、「ブロッケン現象」と呼ばれる単純な物理現象にすぎないことが明らかになったのだ。

※『科学探偵VS.学校の七不思議』参照。

「科学で解けないナゾはない。この山で起きている怪奇現象は、すべて科学で説明がつく」

真実は、眼鏡をクイッと人さし指で持ち上げた。

「古賀暮山は、もともと朝夕のブロッケン現象が起きやすい山としても知られている。ダイダラボッチの伝説は、そういうところから生まれたものなのだろう。神隠しのうわさは、この山では方位磁針が使えず、道に迷う者が多いことから、ささやかれるようになったと推測できる」

「でも、謎野、オレは見えない巨人に追いかけられたんだぞ。何もない道に、ズシーン、ズシーンって足音が響いて、砂が舞いあがったんだ。この現象は、科学じゃ説明がつかないだろう?」

ハマセンが言うと、真実はほほえみ、こう答えた。

「いいえ。その現象も、よく調べればきっと科学で説明がつきますよ」

真実は巨人の足跡がつけられた道や、その周囲を徹底的に調べた。

見ると、道のところどころに、釘で留められた黒いポリ袋の切れ端が残されている。さらに、それぞれの足跡の近くのやぶには、スピーカーが置かれていた。

「**なるほど……そういうことか。ナゾはすべて解けた**」

真実は断言する。

「**ヒントは黒いポリ袋の切れ端と、やぶに残されたスピーカー、そして、道に敷かれたこのサラサラの砂だよ**」

白い砂を手ですくいながら、真実は言った。

「この砂を舞いあがらせたのは、目には見えない、ある力によるものだ。それは……なんだと思う？」

解決編
かい
けつ
へん

「これから、ある実験を行おうと思います」
実験に必要なものを調達するため、一同はキャンプ場まで山を下りていく。
管理小屋が開くのを待って、真実がそこから借りてきたのは、黒いポリ袋と数本の釘、そして、メガホンだった。
「真実くん、いったいどんな実験をするの？」
健太が興味津々に見守るなか、真実はポリ袋を開いてシート状にし、巨人の足跡のひとつにかぶせた。シートをピンと張った状態にして、四隅に釘を打ち込み、固定する。
それが終わると、シートの上に、道に敷かれていたものと同じ白い砂をかけた。すると、黒いシートは白い砂の下に隠れ、道と同化して見えなくなる。
「浜田先生、このメガホンを使って、思いっきり叫んでみてください」
真実はハマセンにメガホンを渡し、言った。
「叫ぶ言葉はなんでもいいのか？」
「はい。なんでも」
ハマセンは息を吸い込むと、「巨人だあ!!」と、メガホンに向かって思いっきり声を張りあげた。

——すると、どうだろう？

黒いシートの上にある砂が、まるで声に反応したかのように跳ねあがったのだ。

「あのときと同じだ！」

ハマセンが叫ぶ。

「そう。この砂は、浜田先生の声——すなわち『音』に反応したんです」

「なるほど……『音』は空気の振動っていうもんな」

ハマセンは感心したように、うなずく。

「このトリックを仕掛けた人物は、あらかじめ地面に足跡の形の穴を掘り、その上にポリ袋のシートを張り、砂をかけておいた。浜田先生が来たタイミングを見計らって、それぞれの足跡の近くに取りつけたスピーカーから、順番にズシーンという足音のような『音』を鳴らしていったんです」

その「音」が足跡の穴の中で響き合い、シートを波のように振動させて、上の砂を舞いあがらせたのだと、真実は解説する。

ダイダラボッチのトリック

1

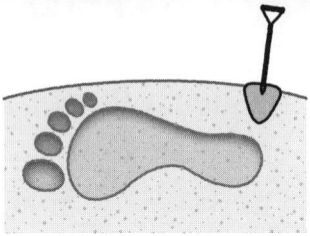

足の形に
地面を掘る

2

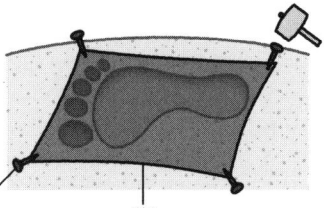

足形のくぼみの上に
ポリ袋のシートをピンと張り
釘で留める

3

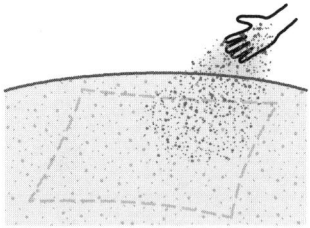

砂をまいて
シートを隠す

4

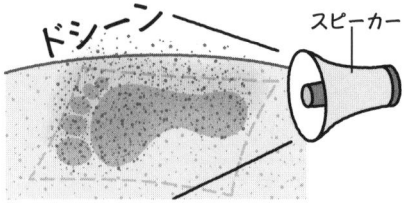

大きな音でくぼみの
中の空気が振動し、
シートの上の
砂が舞う

「……そうか。それで巨人が足音を響かせながら、道を歩いているように見えたんだな」

「仕掛け人は浜田先生が頂上に着いたあと、すぐにシートを取り外した。そのため、掘られた足跡の穴だけが道に残ったんです。やぶに置かれたスピーカーが残ったままになっていたのは、単純に取り外す時間がなかったためでしょう」

「なるほど、そういう仕掛けだったのか。……しっかし、犯人はいったい何のためにこんなことをしたんだ!?」

イタズラにしては手がこみすぎていると、ハマセンは首をひねる。

「その理由は、ぼくたちも知りたいです。予言の書のナゾをすべて解き明かせば、答えは、いずれわかるかと――」

「……予言の書?」

真実は予言の書を取り出すと、絵と数字が書かれたページを開く。「音」を表すスピーカーのイラストの下にある数字を選び、「9」「7」と、空欄に書き込ん

97

3 5 . 6 6 4 2

1 3 9 . 7 □ □ □

だ。

「これで『３５６６４２　１３９７』という数字がそろった。残るマス目は、あと三つ」

真実の言葉に、健太、美希、尾狩刑事はゴクリと息をのむ。

残るマス目は三つ、そして、残る予言は、あとひとつだった。

『聖なる山の北西に呪われた村あり。
満月の夜、怨霊の声を聞きし者、永遠の亡者となる』

聖なる山の北西にある呪われた村――この場所に行ってナゾを解き明かせば、すべての数字がそろう。

アリスのいる場所に確実に近づいているという実感を、誰もが感じたのだった。

「呪われた村」を目指すため、一同はとりあえず山を下りる。

「いててっ……ううっ、腰がっ……！」

ハマセンは、山頂で倒れた拍子にギックリ腰がぶり返してしまったらしい。歩くのもやっとという状態で、ふもとにたどり着いたときは、息も絶え絶えになっていた。
そんなハマセンを見ながら、美希は残念そうにつぶやく。
「やっぱり、ゼロ磁場の効果は気のせいだったみたいね」
尾狩刑事はハマセンを車で近くのバス停まで送っていった。
「浜田先生、ありがとうございました。ご恩は一生忘れません」
「いや、いいってことよ。こっちこそ世話になっちまったな。オレの教え子たちをよろしく頼む」
ハマセンは、照れながら尾狩刑事に言い、こう続けた。
「あんたの妹さん、早く見つかるといいな」
その言葉に、尾狩刑事は涙ぐみながらも、笑顔でうなずく。
一行はハマセンとバス停で別れ、次なる目的地に向けて出発したのだった。

2

SCIENCE TRICK DATA FILE

科学トリック データファイル

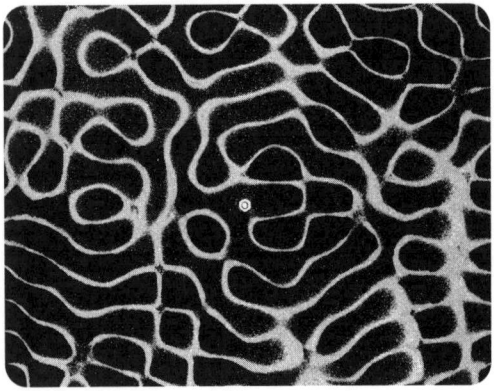

音の形を見てみよう！

ギターを弾くと弦が震えるように、音は振動で生まれ、その振動が空気やものに伝わり、波のように広がっていきます。

波の形は音の高さによって異なり、塩や砂などをまいた平面を音で振動させるとその波の様子を見ることができます。これが上の「クラドニ図形」です。

声でどんな模様ができるかな?

①ポリ袋を張る

ボウルに黒いポリ袋をかぶせて引っ張りながらテープで留め、カッターなどで空気穴を1カ所開ける

③声を出す

ボウルの近くで長く大きな声を出し、ポリ袋の幕を震わせる

②塩を振る

ポリ袋の幕にまんべんなく塩をまく

怨霊たちの
呪い？

恐怖の杉沢村！

「今度の予言はどんなナゾなんだろう？」
真実たちは尾狩刑事の運転する車で、最後の予言にある北西に向かい、町外れのコンビニで休憩を取っていた。
健太は次に起きるであろう不可思議事件のことを思いながら、棚からペットボトルを取った。
「予言には『聖なる山の北西に呪われた村あり。満月の夜、怨霊の声を聞きし者、永遠の亡者となる』って書いてあったよね」
それがどういう意味かわからないが、恐ろしいことだけは間違いない。
「それでもナゾを解かないといけません」
隣にいた尾狩刑事が言う。
そのナゾを解くことによって、マス目の数字がわかる。数字がわかれば、アリスがいるはずの「きさらぎ駅」に行くことができるはずなのだ。
「ポエムのマスターご夫婦も応援してくれています」
尾狩刑事は、スマホの画面を見せた。

そこには、マスター夫婦から届いた「がんばって！」というメッセージが表示されていた。

「そうだね。怖がってる場合じゃないよね」

健太の言葉に、尾狩刑事とその隣にいた真実がうなずく。

「だけど、呪われた村はいったいどこにあるんだろう」

健太はつぶやく。今日は満月だ。だが、村の正確な位置まではまだわからなかった。

そこへ、美希がひとりのおばあさんを連れてやってきた。店内にいた客のようだ。

「美希ちゃん、その人は？」

「さっき、どこに行くのって声をかけてくれたの。それで『予言の書』の村のことを言ったら、その場所を知ってるって言って」

「えええっ??」

「どんな村なのでありますか？」

尾狩刑事がたずねると、おばあさんはその村のことを話した。

「ここから車で10分ほど行った場所に山があるんだよ。

その山の奥深くに誰も住んでいない廃村がいくつかある。
そのなかでひとつだけ、絶対にたどり着くことができない廃村があるんだよ」
「絶対にたどり着けない？」
「その村の名は、――『杉沢村』」
「それって！」
声をあげたのは、美希だ。
「村の人たちが全員殺されたっていう、あの杉沢村のこと？」
美希がそう言うと、おばあさんは大きくうなずいた。
「そんな、ただの都市伝説だと思ってたけど……」
「そんな村が本当にあるんだ……。ぼくたち今からそこに行くってこと？」
おびえる美希の横で、健太もゾッとする。
しかし、行くしかない。すべては、ナゾを解きアリスを助けるためなのだと思い直した。

しばらくすると、真実たちを乗せた車は細い山道を走っていた。杉沢村はこの山道の先にあるらしい。

「杉沢村にはいろんなうわさがあるんだよ」

美希は知っている情報をみんなに話した。

杉沢村はかつて、一夜にして住んでいる人たちが全員殺されるという事件が起きた。

それ以来、村には誰も住まなくなり、廃村になったという。

「だけど、肝試しに来る人たちもいたんだって」

村には血の痕が残る家などがあるらしい。それを見ようと思ったのだろう。

「だけど、その人たちの何人かは、なぜか村から帰ってこなかったの」

まるで煙のように消えてしまったのだという。

いつしか、杉沢村には「ここから先へ立ち入る者、命の保証はない」という看板が立てられ、村の場所は

地図から消されてしまったのだという。
「村から帰ってこなかったっていうのは、『永遠の亡者』になったってこと？」
健太は、予言の書に書かれていた言葉を思い出した。
「うわさが本当なら、わたしたちも」
美希もごくりとつばをのみ込む。
そのとき、車が少し広い場所で止まった。
「みなさん、あれを見てください」
運転していた尾狩刑事は、山道の脇を指さす。
そこには、古びた看板が立っていた。

「杉沢村は、この先の分かれ坂を上った場所にある」

看板にはそう書かれていた。
「もうすぐ杉沢村に着くんだね」
健太の言葉に、尾狩刑事が「そうみたいですね」と答える。

一方、真実は看板をじっと見つめていた。
「坂を上った場所か……」
「とにかく行ってみましょう」
尾狩刑事は、車を発進させ、山道をさらに進んでいった。

山道は上ったり下ったりしながら、どんどん細くなっていく。
周りは草木が生い茂り、車1台がやっと通れるぐらいの幅しかない。
「けっこう走ってるけど、まだ『分かれ坂』はなさそうだね」
美希が前方を見ながら言う。
「おばあさんは、絶対にたどり着くことができないって言ってたけど」
「あれってどういう意味なのかな？」
美希と健太は道路を見ながら首をかしげていた。
急な下り坂を進んでいくと、道がふたつに分かれている場所に出た。
「あそこにまた看板があります」

尾狩刑事が言う。道が分かれている部分に先ほどと同じような古びた看板が立っていて、「分かれ坂」と書かれていたのだ。

真実たちはふたつに分かれた道を見る。ひとつは平たんな道だが、先が茂みに覆われ、行き止まりになっていた。

もうひとつの道は、上り坂になっているようで、その先も道が続いていた。

「この坂を上ればいいんですね」

「尾狩刑事、行ってみましょう！」

美希の言葉にうなずき、尾狩刑事は坂のほうへと車を走らせた。

坂をしばらく走ると、また平たんな道に出る。

木々がさらに生い茂り、道もどんどん細くなっていく。

「美希ちゃん、こっちで合ってるんだよね？」

「合ってるって。だって坂はさっきのところしかなかったもの」

そのとき、車が少し広い場所に出た。

分かれ坂

「杉沢村に着いたのかも!?」
健太たちは周りを見る。だがすぐに「えっ!?」と声をあげた。
目の前に、「杉沢村は、この先の分かれ坂を上った場所にある」と書かれた古びた看板が立っていたのだ。
「ここは、さっきの場所のようだね」
真実は周りを見ながら言う。
「戻ってきたということですか？　不可思議であります！」
「どうして？　坂を上った先に杉沢村があるんじゃないの？」
尾狩刑事と美希は状況がよくわからないようだ。
「真実くん、どうなってるの？　道に迷ったのかな？」
「健太くん、それはないはずだよ。分かれ坂と書かれた看板があったところ以外は一本道だったからね」
「もう一度行ってみましょう」
尾狩刑事はとまどいながらも、再び車を走らせた。

やがて、車は分かれ坂の看板のある場所へやってきた。
「坂を上ってみます」
尾狩刑事は、車を走らせ坂を進んでいく。
「もしかしたら、茂みの中に杉沢村の入り口があるのかも」
美希は窓から外を見る。健太も注意深く周りを見る。
だが、それらしいものは何もない。
車は細い山道を抜け、少し広い場所に出てきた。
しかしそこは、先ほどと同じ「杉沢村は、この先の分かれ坂を上った場所にある」と書かれた古びた看板が立っている場所だった。
「そんな、また戻ってくるなんて」
「やっぱり村にたどり着けないってことなんだよ！」
健太は、おばあさんの言っていたことを思い出し、パニックになる。
そんななか、美希が車のドアを開けた。
「看板の裏とかに何かヒントがあるのかも！」

そう言って車から出て、看板を調べようとする。
と、つまずき、持っていたペットボトルを落としてしまった。
「あ、ちょっと！」
美希はあわてて拾おうとしたが、看板の近くは緩やかな坂になっているようで、ペットボトルが転がっていってしまう。
美希は走って、あわててペットボトルを拾った。
「まったく～。気づかなかったけど、ここも坂になってたんだね」

ペットボトルを取って、美希はそう真実たちに言う。

「気づかなかった？」

瞬間、真実はハッとした。

「尾狩刑事、もう一度、分かれ坂と書かれた看板のところに行ってください」

「どういうこと？　坂を上ってもまたここに戻ってきちゃうんだよ」

「健太くん、ぼくたちは、もしかしたら坂を上ったわけじゃないのかもしれない」

「えええ??」

「とにかく分かれ坂に行けばわかるよ」

驚く健太たちに、真実はそう言う。

尾狩刑事も意味がさっぱりわからないものの、真実の指示どおり、分かれ坂まで車を走らせることにした。

「車を止めてください」

しばらくして。真実たちの乗った車は分かれ坂にやってきた。

「ここからどうするんですか？」
「おそらく、看板には本当のことが書いてあるんです」
真実は車を降りる。
「ねえ、どういうこと？　『杉沢村は、この先の分かれ坂を上った場所にある』って書いてあったけど、全然、村にたどり着けないんだよ？」
健太も車から降りると、真実のそばに駆け寄った。
「健太くん、それを貸してくれるかい？」
真実は健太の持っているペットボトルを見た。
「え、うん」
健太はペットボトルを渡す。尾狩刑事や美希も車から降りてきて真実を見守る。
「看板には『坂を上る』と書いてあった。これを見れば、この坂の本当の姿がわかるはずだ」
真実は、ペットボトルを地面に置くと、そっと横に倒した。
「何をしてるの？　って、ああ！」

健太はそのペットボトルを見て思わず叫ぶ。

ペットボトルが道路を転がる。だが驚いたことに、上り坂を上っていくように見えたのだ。

「どうなってるの??」

「この坂は、『おばけ坂』になってたんだよ」

真実は目の前の坂を見ながら、その説明をした。

「おばけ坂というのは、上り坂に見える下り坂や、下り坂に見える上り坂のことなんだ。これは『縦断勾配錯視』という錯視の一種、つまり目の錯覚によるものなんだよ」

目の前にある坂は、角度が違うふたつの下り坂が続いている。その結果、看板のある分かれ道の場所から見たとき、下っている坂が上っているように見えたのだ。

「なるほど、そのせいで看板に書かれたとおり『分かれ坂を上った』つもりが、下り坂を選んでしまっていたんですね」

「あの看板が正しいとしたら、おそらく、本当の上り坂はこっちです」

真実は分かれている道のもう一方を指さす。

「こっちって行き止まりだけど」

おばけ坂のしくみ

美希がその道を見て首をかしげる。もう一方の道の先は草木に覆われていた。

「本当に行き止まりかどうかは車を走らせればわかるはずだよ。尾狩刑事、あの道を進んでもらえますか？」

「え、ええ、真実さんがそう言うのなら」

真実たちは車に乗り込むと、行き止まりに見える道のほうへと車を走らせた。

「大丈夫かな？」

健太は不安そうに見つめる。美希も尾狩刑事も緊張しているようだ。

やがて、車は草木に覆われている場所に入った。車に木々が当たるが、それでも前に進む。

次の瞬間、目の前に光が差し込んだ。

草木の茂みを抜けると、道が続いていたのだ。

「道があったんだ！」

「健太くん、あそこ！」

美希は前方を指さす。抜けた道の先に、カーブになった上り坂が見えていた。
「草木に覆われていたせいで分かれ道からは見えなかったようだね。あの坂を上れば、杉沢村があるはずだ」
「ついにたどり着けるんだね！」
健太と美希は笑顔で喜ぶ。
だが、坂を上り切ると、その笑顔は消えてしまった。
細い山道の先に、小さな村が見える。だが、その村へと続く入り口に、ボロボロの看板が立っていた。
その看板を見て、健太たちは喜んでいる場合ではないと気づいたのだ。

「杉沢村　ここから先へ立ち入る者、命の保証はない」

看板には消えそうな文字でそう書かれていた。
「ここは、ほんとに村の人が全員殺された場所なんだね……」
健太と美希は真剣な表情で村を見つめるのだった。

●

日が暮れ、夜になった。空には満月が浮かんでいる。
予言が示す「満月の夜」だ。真実たちは懐中電灯を持って、村の中を歩いていた。
月明かりに照らされているが、薄暗く、地面はぬかるんでいて、あちこち水たまりがある。建物はどれも古びて壊れていて、不気味な雰囲気がただよっていた。
健太は震えながら、建物を見ていく。
「なんか歩くだけで怖いよね……」
村の周りは木々に覆われ、異空間にいるような気分になってくる。
「早くナゾを見つけないと」
そう言いながら、健太はふと懐中電灯で家の中を照らした。
瞬間、女の子の顔が光の中に浮かび上がった。
「ひゃああ！」
「健太くん、どうしたんだい??」

真実たちは健太のもとへ駆け寄る。
「女の子が！」
「女の子!?　まさかアリスですか??」
尾狩刑事は、家の中を懐中電灯で照らした。
そこには女の子の顔があった。だが、それは棚の上に置かれたボロボロのフランス人形だ。
「も～、ただの人形だよ」
美希は健太にあきれながら言う。
「え、あ、ほんとだ。ついびっくりして」
「健太さん、これを食べてリラックスしてください」
尾狩刑事は、ポケットから袋を取り出し、大きな金平糖を渡した。
「わ、いつものより大きいですね」
「ここぞというときに取っておいたジャンボ金平糖であります」
尾狩刑事は大きな金平糖を一気に三つも食べた。
「また虫歯になっちゃうような気がするけど」

健太はその様子にあきれながらも、金平糖を口にし、少しだけ落ち着くのだった。
「ほかの場所も見てみよう」
真実たちは再び歩きはじめる。
「健太くん、弱気になっちゃダメだからね」
歩きながら美希が言う。
「わたしたちはナゾを解くために来たの。雰囲気だけでおじけづいてちゃダメだよ」
美希はそう言いながら、目の前の家の壁を懐中電灯で照らす。
と、壁に真っ赤な文字で「たすけて」と書かれていた。
「きゃあ！」
美希は思わず健太に抱きつく。
見ると、周りの家の壁のあちこちが真っ赤に染まっている。
「これって、もしかして事件のときの血の痕!?」
杉沢村ではかつて村人全員が殺されるという事件があった。壁に書かれた「たすけて」という文字や赤く染まった壁

は、そのときのものなのかもしれない。
「弱気になっちゃダメなんて無理だよお」
「そ、それはええっと」
美希と健太は体を震わせる。
一方、真実は壁の赤い色をじっと見つめていた。
「これは……」
そのとき――、
いちばんうしろにいた尾狩刑事が声をあげた。
「アリス!!」
尾狩刑事はあわてて村の奥へと走りだす。
「どうしたんですか??」
健太が驚き、声をあげると、尾狩刑事は走りながら答えた。
「今、アリスにそっくりな女の子がいたんです！

アリス！　お姉ちゃんだよ！」

尾狩刑事はそのまま村の奥へと消えていった。
真実たちはそんな彼女を追う。
「尾狩刑事！　どこなの??」
懐中電灯を照らし、必死に捜すがどこにもいない。
「尾狩刑事！」
真実たちは、村のいちばん奥にあるボロボロの大きな屋敷の前までやってきた。
「あ、これ！」
美希が声をあげる。
真実たちが駆け寄ると、美希は懐中電灯で屋敷の入り口の地面を照らしていた。
そこには、大きな金平糖が落ちていた。
「これって、さっきぼくにもくれたやつだよね？」
健太は屋敷のほうを見る。屋敷のドアが開いている。

そのドアの前にも、大きな金平糖が落ちていた。
「尾狩刑事はこの中に入ったんだよ」
「うん、そうだね！」
健太と美希は走って屋敷の中へと入った。
「健太くん、美希さん」
真実は呼び止めようとするが、ふたりはそのまま屋敷の中に入ってしまう。
「しかたがない」
真実は屋敷を見つめる。そして、健太たちを追うように、中へと入った。

「尾狩刑事〜、どこにいるの？」
屋敷の中。健太たちは懐中電灯を照らしながら、尾狩刑事を捜す。
部屋や廊下はどこも朽ち果てていて、木の廊下もあちこち穴が開き、ミシミシと音を立てている。
「血の痕もいっぱいあるね……」

健太は真っ赤に染まった廊下の壁を照らしながら言う。
すると、美希が声をあげた。
「ねえ、あそこ！」
美希は廊下の角を懐中電灯で照らす。そこにはまた大きな金平糖が落ちていた。
真実たちはその場所へと向かう。
「あそこにもあるよ！」
健太は角を曲がった奥の廊下を照らした。また大きな金平糖が落ちている。
「あそこは……」
真実はその金平糖のもとへと歩く。つきあたりになっていて、ドアがひとつだけある。
ドアは開いていて、中が見える。だが、普通の部屋ではない。
部屋の壁は岩でできていてゴツゴツしていて、下へと伸びる階段があった。
「どうやら地下に続いているようだね」
「え、地下があるの??」
美希は懐中電灯で穴の中を照らそうとした。その瞬間――、

助けて　助けて

地下への階段の奥からかすかに声が聞こえた。
「何なの??」
尾狩刑事の声ではない。子どもの声のようだ。
「予言のとおりだよ！」
健太があせった顔で言う。予言の書には「怨霊の声を聞きし者、永遠の亡者となる」と書いてあったのだ。
「事件で殺された人たちの無念の声ってこと??」
美希がとまどいながら言う。
「行ってみよう」
真実の言葉に、健太と美希はごくりとつばをのみ込む。
「そ、そうだよね、行くしかないよね」
今さら帰るわけにはいかない。3人は意を決し、階段を下りた。

階段を下りると、地下に出た。
地下は、細い洞窟のような岩肌の一本道の通路になっている。
どうやら鍾乳洞を利用してつくったものらしい。
「すごい……」
健太はそれを見て思わず驚き、つぶやく。
「明かりもついてるよ」
通路にはロウソクが取り付けられ、明るくなっている。
「ねえ、あそこは何？」
美希は前方を見る。まっすぐ進むと、すぐに行き止まりになっているようだ。
真実たちはその場所へ行ってみる。
すると、深い谷が行く手を阻んでいた。
谷の幅は5メートルほどありそうだ。谷の向こうに、またまっすぐ伸びる細い通路が続いているのが見える。そのとき――、
助けて

再び、かすかに子どもの声が聞こえた。
「今、谷の向こうから聞こえたよね？」
健太はおびえながら言う。
「とりあえず谷を渡るしかないようだね」
「渡るって、真実くん、こんなの跳び越えられないよ」
「あれを使うんだよ」
真実は谷の手前から向こう側に渡された2本のロープを見る。

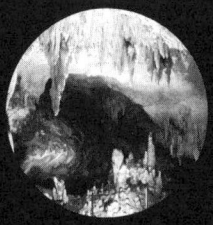

鍾乳洞
雨水や地下水が石灰岩を溶かしてできた洞窟。

ロープは真実たちの足元と頭ぐらいの高さに張られている。
「上のロープを手で持って、下のロープを歩けば、谷を渡ることができるはずだよ」
「確かにそうかも」
美希は真実の言葉にうなずくが、健太は足がすくんだ。
「落ちたら大けがしちゃうよ」
おびえる健太に、真実がほほえんだ。
「ひとりで渡るのは怖くても、一緒に渡れば怖くないよ」
真実はほほえみながら手をさしのべる。
「真実くん……」
健太は、笑顔で握手をした。
「よし、行こう」
真実と健太は一緒にロープを渡る。
「足をゆっくり動かすんだよ。手もしっかり上のロープを握っているんだ」
「う、うん」

真実にアドバイスを受けながら、健太はロープを歩く。そしてみごとに谷を渡り切った。
「やったね、健太くん」
真実たちのうしろに続いて谷を渡った美希が健太を褒める。
「いやあ、真実くんのおかげだよ」
健太は真実に「ありがとう」と礼を言った。
「だけど、こっちは暗いね」
入り口から谷のところまでは、壁にロウソクが取り付けられていて明るかった。
しかし、谷を渡った先の通路にはロウソクがない。
健太は谷の向こう側の通路を見る。ロウソクに照らされ、入り口には先ほど下りてきた階段がはっきりと見えている。
そのとき、また声がした。
助けて　助けて
子どもの声だ。だが、健太は声の中に奇妙な言葉が交じっていることに気づいた。
「……えっ？『予言の書なんか調べるんじゃなかった』だって？」

健太はつぶやく。かすかにそんな声が聞こえたのだ。
「怨霊がどうしてそんなことを言うの？」
美希が疑問に思う。
「そんなのぼくにもわからないよ」
健太がとまどっていると、真実が口を開いた。
「どうやら怨霊の声ではなさそうだね」
真実は懐中電灯を手に走りだす。
「あっ、真実くん！」
健太と美希もその後に続く。
谷を越えた先にある通路はまっすぐ続いていた。だが、しばらく行くと右に曲がっている。
真実たちはその角を曲がる。すると、すぐにつきあたりになってしまった。
助けて　助けて
つきあたりの壁の向こうから、声が聞こえる。

「どういうこと??」
健太と美希が困惑していると、真実はつきあたりになっている壁に懐中電灯の光を当て、何かを調べはじめた。
「もしかしたら……、あった！」
真実は、壁の隅を照らす。そこには岩肌の壁に埋もれるように、ドアのノブがついていた。
「この奥に隠し部屋があるんだ。声はそこからしてたんだよ」
真実はそう言ってドアノブを回した。
岩肌と同じ見た目のドアが、ゆっくりと開く。
ドアの向こうには、広い部屋があった。
「あっ、これは！」

部屋の壁にはロウソクが取り付けられていて、全体を見渡すことができる。
健太は部屋の隅にあるものを見て、目をパチクリさせた。
それは牢屋だ。そこには、3人の子どもたちが入れられていた。

「助けて！」

子どもたちは、真実たちを見て声をあげる。
「怨霊の声は彼らの声だったの？」
健太が驚いていると、真実は「そのようだね」と答えた。
「わたし、彼らを見たことあるかも。どこだったかな？　そうだ、写真だ！」
美希は、先日ダイダラボッチの不可思議事件を調べているときに見た写真を思い出した。
牢屋に入れられていたのは、予言の書のナゾを追って行方不明になってしまった子どものうちの3人だったのだ。

「そうか。だけどアリスちゃんは??」
健太は牢屋のほうを見る。そこにはアリスの姿はなかった。
すると、牢屋の中にいた子どもたちが口を開いた。
「アリスちゃんもここにいたの？　ぼくたちが来たときはいなかったよ」
「もしかして、彼女はナゾを解いて、この地下から脱出できたのかも」
「だったら、わたしたちも助かるってこと??」
「ここからすぐに出して!!」
子どもたちは叫ぶように真実たちに言った。
「出してあげたいんだけど……」
健太は牢屋を見る。牢屋にはさびた鍵がかかっている。

てこの原理を使ってものを持ち上げる

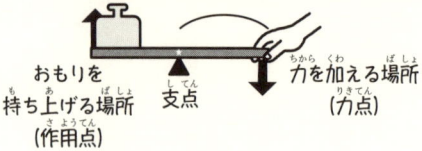

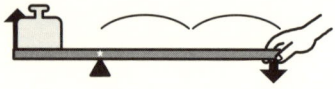

支点から力点までの距離を
2倍にすると、
半分の力でおもりを
持ち上げられる

「大丈夫。この古さなら、これで開くはずだ」
真実は近くに落ちていた鉄パイプを拾うと、鍵と牢屋の檻の間に差し込んだ。
「真実くん、何をするの？」
「こうするんだよ」
真実は鉄パイプの端を持ってグッと力を入れた。
ガチャンと音を立て、鍵が外れる。
「『てこの原理』だよ。これを利用すれば、弱い力で重たいものを動かすことができる。古い鍵だったから、その力で壊すことができたんだ」

てこの原理を使って鍵を壊す

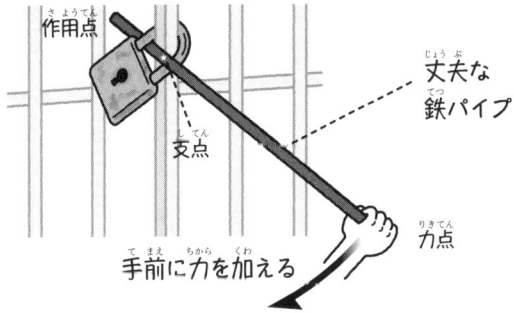

真実は牢屋を開ける。
子どもたちは一斉に外に飛び出した。
「早く入り口に戻らなきゃ！」
彼らはそう言うと、走りだし、部屋から出た。
そんな彼らを追って、真実たちも走る。
「ねえ、どうしてそんなに急ぐの？」
美希が走りながらたずねると、背の高い男の子が答えた。
「『無限通路』から抜け出せるかもしれないんだ！」

「無限通路??」

背の高い男の子は谷のほうへと走りながら、話を続ける。
「ぼくたちは予言の書を見て、杉沢村の地下までやってきた。この地下にナゾがあると思ったんだ。だけど、入ったら最後、出られなくなってしまったんだ」
「ええ??」

続いて、ショートカットの女の子が口を開いた。

「だけど、アリスちゃんは脱出できたかもしれない。つまり、無限通路は無限に続いてるわけじゃないのかも」

「その無限通路って何なの？」

健太がたずねた瞬間、一同は谷まで戻ってきた。

健太は谷のほうを見る。そして、目を大きく見開いた。

「え、どういうこと??」

谷の向こうには先ほどまで地上へと続く入り口が見えていた。しかし今はなぜか、どこまでも続くまっすぐな通路が延びていたのだ。

「やっぱりまたダメだ！」

ショートカットの女の子が泣きそうな声で言う。

「ねえ、ロープが！」

美希は谷を見る。橋として使った2本のロープが外れ、谷の向こうの無限通路側に垂れ下がっていた。

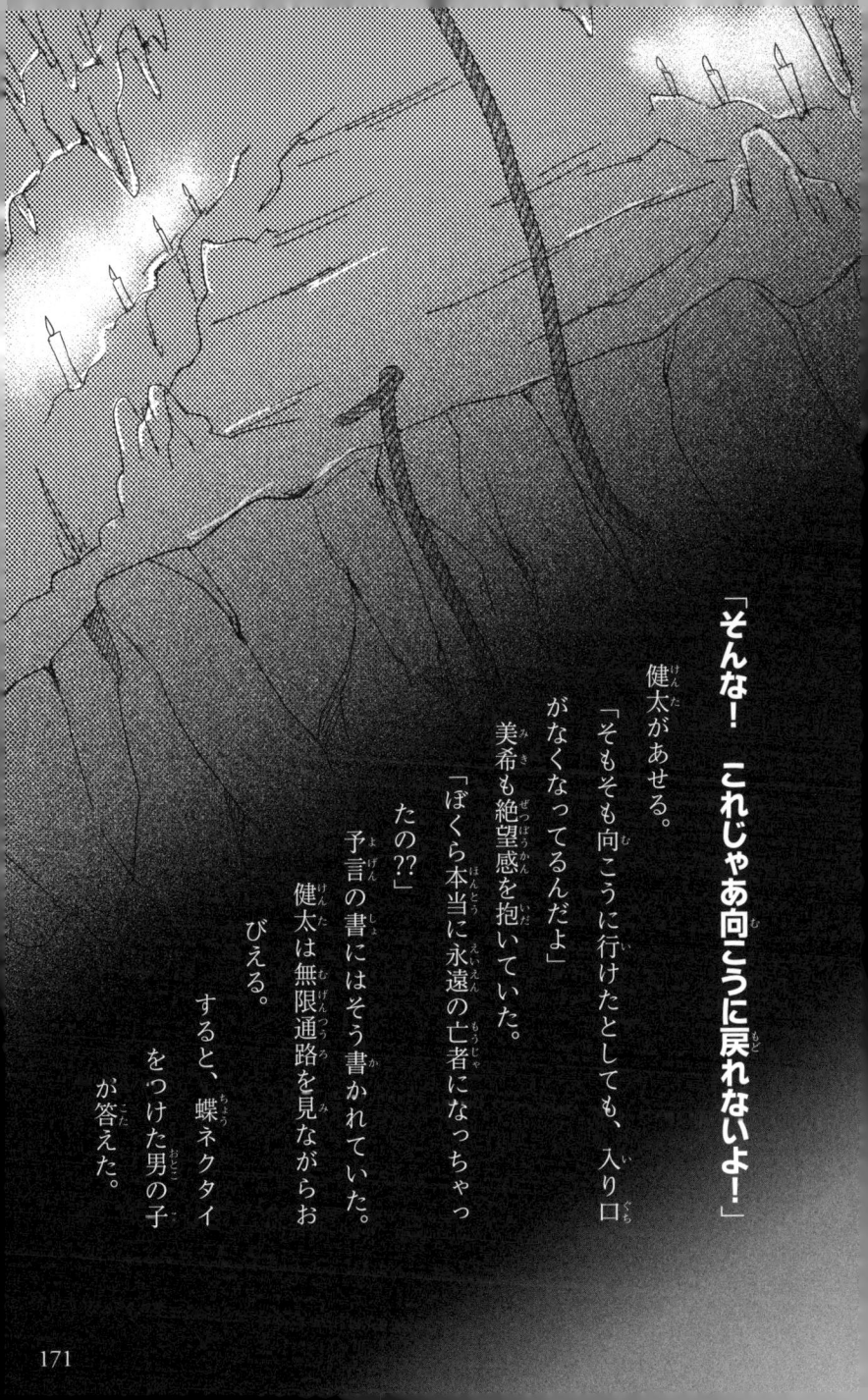

「そんな！　これじゃあ向こうに戻れないよ！」

健太があせる。

「そもそも向こうに行けたとしても、入り口がなくなってるんだよ」

美希も絶望感を抱いていた。

「ぼくら本当に永遠の亡者になっちゃったの??」

予言の書にはそう書かれていた。

健太は無限通路を見ながらおびえる。

すると、蝶ネクタイをつけた男の子が答えた。

「これはきっと予言の書のナゾのひとつだと思う。ぼくたちは解けずに立ち往生してしまった。そして、覆面をかぶった人に捕らえられてしまって、牢屋に入れられたんだ」
「覆面をかぶった人？　それって神の使いってこと？」

ゴーン　ゴーン

そのとき、鐘の音が鳴った。
「大変だ！　また牢屋に入れられちゃう！」
「どういうこと？」
健太がたずねると、3人が声をあらげた。
「あの鐘の音が10回鳴ったら、覆面をかぶった人に捕らえられてしまうんだ！」
「タイムリミットってことか」
それを聞き、真実は谷の向こうを見つめる。
「助かるには、ナゾを解くしかないようだね」
「だけど、いつの間にあんな通路をつくったの？」

先ほどまでは地上へと続く入り口があったはずだ。それがわずかな間に無限通路に変わっていた。

ゴーン　ゴーン　ゴーン

鐘が鳴り続け、5回目の鐘が鳴る。

「あと5回だよ」

健太はあせりながら、無限通路を見る。

そんななか、真実はふと何かを思うと、3人の子どもたちを見た。

「きみたちは谷の向こうには行っていないのかい？」

「え、うん。跳び越えるためのアイデアはあったけど、行ってもしかたがないと思って。通路が無限に続いてるでしょ」

「無限に……」

ゴーン　ゴーン　ゴーン

鐘が8回鳴る。あと2回で捕まってしまう。

「もうダメだ」

子どもたちはその場にしゃがみこむ。

「せめて、こっちも明るかったら少しは安心できるのに」

健太もそう言いながら、しゃがみこんでしまった。

「明るかったら？」

真実は、谷の向こうの通路を見る。

無限に続く通路は、壁にロウソクが取り付けられていて明るかった。

一方、真実たちが立っている谷のこちら側の通路は、明かりがなく暗い。

「……そうか。そういうことか」

真実は健太と美希、そして3人の子どもたちを見た。

「通路はたしかに無限に続いているように見える。だけどあれは本物の通路じゃないんだ。科学で解けないナゾはない。ヒントは、無限に続くように見える明るい通路を、暗い場所から見ているということ。そして、2枚の鏡だ」

「2枚の鏡??」

健太は首をかしげる。はたして、2枚の鏡がどう使われているのだろうか？　そして、その鏡はいったいどこにあるのか？

2枚の鏡を
向かい合わせると
どうなるかな？

解決編
かい
けつ
へん

「まずは、ナゾを解くために谷の向こうに行くよ」
真実は健太たちに言う。
「谷は5メートルぐらいあるよ？　ジャンプしただけじゃ跳び越えられないよ！」
健太が心配すると、真実はショルダーバッグの中からあるものを取り出した。
それは七つ道具のひとつ、ハンディガンだ。
真実は、ハンディガンに矢じりのような形をした鉄のアンカーを取り付けた。
「このスイッチを押すと、ワイヤーがついたアンカーが飛び出る。そのアンカーを谷の天井に打ち付けて、ワイヤーをロープのように使って谷を跳び越えるんだ」
「そんな！　もし天井の壁がくずれちゃったらどうするの？」
そのとき、ゴーンと鐘が鳴った。タイムリミットまであと1回だ。
「ここから脱出するためにはやるしかない！」
真実は、谷の天井に向かってハンディガンを撃った。
天井にアンカーが刺さる。同時に真実は谷に向かって走りだす。
「真実くん！」

「やああっ！」

次の瞬間、真実はワイヤーをロープのように使って、谷を越えた。

「すごい！」

健太たちが驚きの声をあげる。

真実はそのまま、谷の向こうの空間を蹴った。

すると、何かが倒れた。

「えええ??」

何かが倒れた瞬間、谷の向こうに誰かが立っているのが見える。

それはなんと、健太と美希、そして3人の子どもたちだった。

「うわああ！　どうしてぼくたちがあっちにいるの??」

「もしかして、ほんとに異空間に入っちゃったのかも」

健太と美希は驚く。だが、健太は驚きながらも、谷の向こうに真実もふたりいることに気づいた。

「あれって……」

目をこらして見てみる。それは、本物の健太や真実たちではなかった。

谷の向こうに「大きな鏡」があり、そこに健太たちが映っていたのだ。

「どういうこと??」

とまどう健太たちに、真実は答える。

「さっき、ヒントは2枚の鏡だと言っただろう。鏡はこれ1枚だけじゃない。ぼくが蹴ったものも同じく鏡なんだよ。ただし普通の鏡じゃない。蹴ったほうの鏡は『マジックミラー』だったんだ」

「マジックミラー??」

「マジックミラーは一方からは普通の鏡のように映ったものが見える。だけどもう一方からは向こう側が透けて見えるんだ。そして、鏡とマジックミラー、それこそが無限通路の秘密だったんだ」

真実はそのトリックを健太たちに説明する。

「ぼくたちが階段を下りて地下に来たとき、入り口から谷までの通路の間には何もなかった。だけど、このトリックを仕掛けた犯人は、ぼくたちが牢屋にいる彼らを助け出している間に、入り口から谷までの通路に『鏡』と『マジックミラー』を置いたんだ」

真実は、鏡のほうを見る。鏡は入り口の前に置かれていて、谷のそばにあったマジックミラーとの間だけロウソクで照らされていた。

「合わせ鏡をすると、空間が無限に続くように見えるよね。ぼくらは、その2枚の鏡を外側から見ていたんだ。それは、ひとつがマジックミラーになっているからできることなのさ」

「そうなんだ。明るさも関係するの？」

健太が疑問を口にすると、真実が答えた。

「マジックミラーは暗いところから明るいところを見ると、向こう側が透ける性質がある。ロウソクで照らされた明るい通路を挟むように鏡とマジックミラーを置くと、その挟まれた空間で何度も光が反射を起こし、暗いところにいたぼくらには通路が無限に続くように見えたんだ」

無限通路のトリック

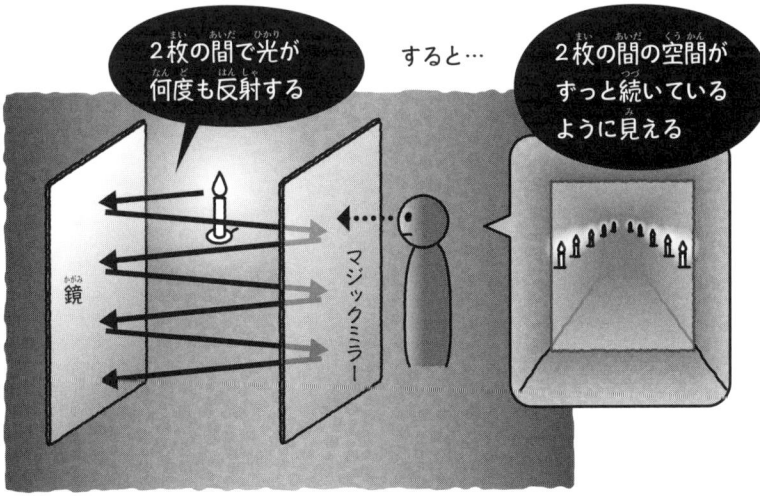

真実は外された橋代わりのロープを見る。

「おそらくロープを取り外したのも、こちら側に来させないためだったんだろう。こちら側に来たら、マジックミラーがあるのがわかるからね。そして、この鏡を移動させれば――」

真実はそう言って鏡を動かす。すると、地上へと戻る入り口が見えた。

真実はハンディガンのアンカーを天井から取ると、谷の淵に垂れていた2本のロープを結び、健太たちのほうへと撃った。

アンカーは谷を越え、健太たちの近くへ落ちる。健太たちはそのロープを谷の間に張ると、再び橋をつくった。

健太たちと捕らわれていた子どもたちが、その橋を渡る。

「さあ、地上に戻ろう」

こうして、真実たちは無事に地上へと戻ることができたのだった。

●

「よかった〜、脱出できて」
健太は地上へ戻れてホッとするが、すぐに険しい顔になった。
「そういえば、尾狩刑事は？」
尾狩刑事を追って地下に行ったが、見つけられなかったのだ。
「もしかして谷に落ちちゃったのかも。だったら助けなきゃ！」
健太はあわてて屋敷の中に戻ろうとした。そのとき――、
「わたくしはここにいるのであります！」
尾狩刑事の声が響いた。
真実たちは声がしたほうを懐中電灯で照らす。
すると、少し離れたところに尾狩刑事が立っていた。
「みなさん、無事だったんですね！」
尾狩刑事は真実たちを見つけ、ホッと息をはく。
彼女のそばには申し訳なさそうな顔をした女の人もいる。
その女の人を見て、美希は「あっ」と声をあげた。

「その人って、コンビニにいたおばあさん？」
尾狩刑事はうなずきながら、ここに彼女がいる理由を話した。
「どうやら、彼女がこの村で子どもたちを捕らえていたようです」
「えええ??」
尾狩刑事はアリスらしき少女を追って小屋の中に入ったとき、何者かに捕らえられてしまったのだという。
その正体は、アリスに似た格好をしたおばあさんだったのだ。
しかし、尾狩刑事は縄で縛られたものの、一瞬の隙をつき、逆におばあさんを捕まえたらしい。そして、地下に真実たちがいることを聞き出し、助けに行こうとしたところだったのだ。
おばあさんは「ごめんなさい」と言いながら、真相を話す。
「ある日、神の使いから電話があって、『言うことを聞かないと孫をひどい目に遭わせる』と言われて。それでしかたなく罠を仕掛け、子どもたちを捕らえていたんです」
子どもたちが言っていた覆面をかぶった人物とは、このおばあさんのことだったようだ。

「そうだったんだ」

子どもたちは真相を知り、おばあさんに同情する。悪いのは神の使いだったのだ。

そんななか、真実がおばあさんに話しかけた。

「ここは杉沢村ではないんですね？」

「どういうこと？　血の痕がいっぱいあったよ？　本物の杉沢村を不可思議事件に利用したんじゃないの？」

「健太くん、あの血は真っ赤だっただろう。杉沢村で事件が起きたのは大昔と言われているんだ。もしあの血がそのときついたものなら、酸化して黒ずんでいるはずだよ」

「なるほど、そうなんだね」

おばあさんは「そのとおりです」と言い、事件の全容を説明した。

まずコンビニで偶然を装い、美希に話しかけ、近くに杉沢村が本当にあるかのように話した。実際は、ここはただの廃村で、杉沢村の看板も分かれ坂の看板も、おばあさんが立てたものだった。すべて神の使いから電話で指示を受けて動いたという。

「刑事さんを捕まえたのは、地下に行かせないためです」

無限通路のトリックを仕掛けたとき、ロープを外して谷を渡れなくしたが、運動神経がいい尾狩刑事なら、ロープがなくても谷を跳び越えてしまうかもしれないと心配したのだ。

「彼女を捕まえたあと、持っていた金平糖を使って、あなたたちを屋敷まで誘い込みました」

真実たちはその金平糖に導かれ、地下に入ったのだ。

すべては神の使いの計画どおりだったが、真実たちはみごとトリックを見破った。そしてさらに尾狩刑事も自力で縄をほどいてしまった。

「だけど、どうして子どもを狙うんですか？」

真実はおばあさんにたずねる。

「神の使いは、子どもたちを『育成する』と話していました」

「育成??」

真実たちは不思議に思うが、おばあさんもそれ以上は知らないらしい。

「アリスちゃんはどこなの？」

健太はおばあさんに詰め寄る。

すると、すでにそのことを聞いていた尾狩刑事が答えた。

「4カ月ほど前、アリスもこの場所に来たそうです。そしてナゾを解いたあと、『きさらぎ駅』に向かったらしいのです」

「アリスちゃん、ひとりでナゾを解いたんだね」

「やっぱりすごいね」

子どもたちはアリスに感心する。

「『わたしもお姉ちゃんみたいに、人を助けられる人間になりたい』。アリスは杉沢村のナゾを解いたあと、そう言って先に行方不明になった仲間を助けに行ったそうです」

尾狩刑事の目に涙が浮かぶ。

真実たちはそれを知り、早くアリスのもとへ向かわなければと思った。

「予言の書の数字を見よう」

真実たちは予言の書を開くと、マス目のページを確認した。

「今回のトリックは、ええっと……、あ、これだ！」

健太は「鏡」の絵を指さした。
鏡の絵の下に書かれた数字は「６６６」だ。
「何だか不吉な数字ね」
美希が言う。６６６は西洋では不吉な数字なのだ。
「だけど、これで数字がそろった」
真実は６６６と書き込む。
マス目の数字は、

666

35.6642

139.7666

赤道から北側に何度離れているかを示す数字

北緯 3 5 . 6 6 4 2 度

東経 1 3 9 . 7 6 6 6 度

グリニッジ旧天文台からから東側に何度離れているかを示す数字

「これは何だろう??」

健太たちは首をかしげる。

すると、真実が口を開いた。

「……やはりそうか。これは『地理座標』だよ」

「なるほど」

尾狩刑事がまじまじと数字を見る。

「これは『北緯』と『東経』を表しているんですね」

「そのとおり。ぼくたちが探していた、きさらぎ駅に向かうためのヒントです。北緯35・6642度、東経139・7666度の場所に行けば、すべてがわかるはずです」

真実は、尾狩刑事と健太たちを見る。そして大きな声で言った。

「さあ、アリスさんを助けに行こう!」

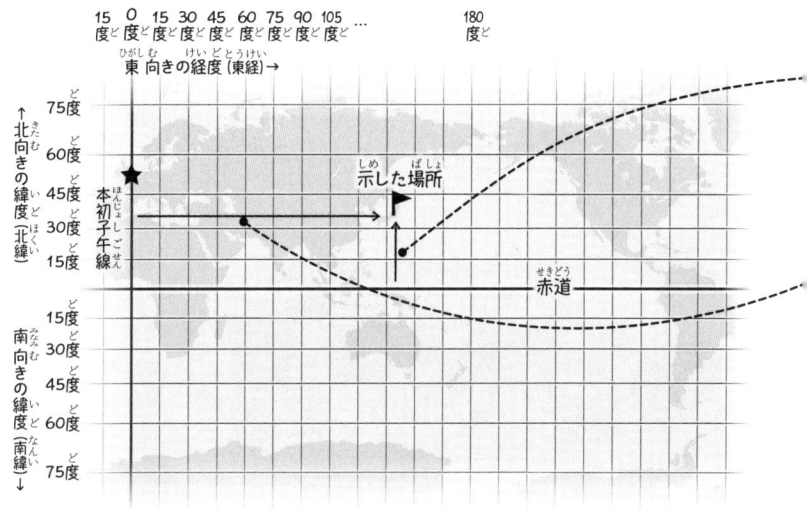

地理座標

地球の表面にある場所を縦の数字と横の数字の組み合わせで表す方法。縦の数字は、その場所がイギリスの旧グリニッジ天文台から東西方向にどれくらい離れているかを角度で表している。これを経度という。横の数字は、その場所が赤道から南北方向にどれくらい離れているかを角度で表している。これを緯度という。

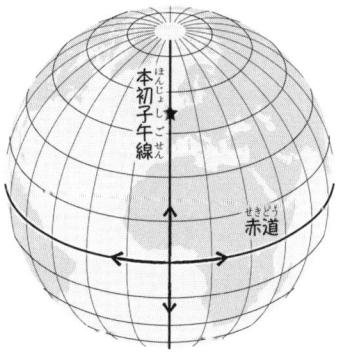

3

SCIENCE TRICK DATA FILE

科学トリック データファイル

脳をだます「おばけ坂」

上り坂が下り坂に見えたり、下り坂が上り坂に見えたりする坂道錯視の例を紹介します。上の写真は沖縄県久米島町にある「おばけ坂」です。上り坂なのに下り坂に見えると言われます。

このような錯覚は周辺の草木の生え方や、坂道の長さがわからないことも影響しています。

「ベタ踏み坂」のひみつ

正面から見ると……

島根県と鳥取県を結ぶ通称「ベタ踏み坂」(江島大橋)。車が走れるのが不思議なほど急な坂に見える

「ゆうれい坂」
「ミステリー坂」
とも呼ばれるよ

横から見ると……

橋の長さがわかると、そこまで急な坂ではないことがわかる。その傾きは100m進むと5～6m上がる程度

ささらぎ駅

神の使いとの対決

終末の大予言[後編]4

月明かりの下、真実たちは背丈ほどの雑草をかき分けながら進んでいた。
健太が泣きそうな声で叫ぶ。
「ひ～！　座標の場所まで、あとどれくらいあるの!?」
「あと少しです！　みなさん頑張ってください！」
尾狩刑事がスマホのアプリで現在位置を確認して答える。
座標が指していたのは、先ほどの村から50キロほど離れた山の中だった。
みんなは、山のふもとから雑草だらけの山道を、もう2時間も登っていたのだ。
雑草をかき分けると、ふいに視界が開けた。
「あっ！　あれを見て！」
健太が前方を指さす。
木々に囲まれた空間の真ん中に、無人駅のような小さなホームがある。
ホームの前にはレールが敷かれ、森の中へと延びていた。
尾狩刑事が再びアプリを確認する。
「北緯35・6642度、東経139・7666度……間違いありません、この場所です！」

「そういえば、アリスさんが残したメッセージにはこう書かれてた……『23時40分。ホームに電車がやってきた』って」

美希が取材メモを見ながら言うと、健太は眉をひそめた。

「23時40分って、きさらぎ駅の都市伝説で女の人が電車に乗った時刻と同じだよね。でも……こんな場所に、電車なんかくるのかな？」

尾狩刑事はスマホの画面に目をやった。

「もうすぐ23時40分です！」

そのとき……森の奥からかすかな音が聞こえてきた。

カタンコトン、カタンコトン

「電車……!?」

健太が音のするほうを見ると、線路が敷かれた闇の中から赤い車両が現れた。

1両のみで、運転士の姿もない。

ホームの前で車両が止まると、音もなくドアが開いた。

「これに乗れってことだよね……？」

乗ろうか乗るまいか……こわごわと片足を上げ下げする健太。

そんな健太を横目に、真実たちは迷いなく車両に乗り込んだ。

「アリスたちがいる場所まで、もう少しです！」

「健太くん、乗らないの？　ドアが閉まったらひとりぼっちになっちゃうよ」

「わあ！　乗る乗る！　ぼくも乗るよ～！」

あわてて健太が飛び乗ると、ドアが閉まり、車両が動きだした。

●

車両は暗い木々の間を抜けて進んでいく。
やがて、窓の外に深い霧が立ち込め、何も見えなくなった。
「もしかして、異界に通じる空間だったりして……」
健太が不安そうに言う。
45分ほど走ると、車両は音もなく止まった。
窓の外の霧が、次第に晴れていく。
そこは、広い草原の中にポツンと立つ、小さな無人駅だった。
ホームの看板には、はげかけた

ペンキで「きさらぎ」と書かれている。

「**きさらぎ駅……！　ついに、目指す場所に着いたのですね！**」

尾狩刑事はドアが開くと、あわててホームに駆け下りた。

真実たちもそれに続く。

ホームは静けさに包まれていた。

「都市伝説に出てくる女の人は、このあと、線路にそって歩きはじめたんだよね？」

健太が言うと、尾狩刑事はうなずいた。

「ええ。アリスのメッセージにも『線路にそって歩く』と書かれていました。わたくしたちも同じようにしてみましょう」

●

真実たちは線路にそって歩きはじめた。

草原の向こうには、かすかに山々のシルエットが浮かんでいる。

「なんか変だな……この風景、どこかで見た気がしない？」

健太がつぶやくと、美希もうなずいた。

「わたしもそう思ってたの。なんでだろう……？」

やがて……。

ドンドンドンドン……チリーン、チリーン

風に乗って、遠くから太鼓や鈴の音が聞こえはじめた。

健太はあわてて真実の背後に駆け寄る。

「やっぱりきさらぎ駅の都市伝説のとおりだ。……てことは、このまま進むと、『おーい、危ないから線路の上を歩いちゃダメだよ』って声がして、振り向くと、おじいさんが立っていて、目の前で消えちゃうんだ」

健太がそう言った次の瞬間。

「おーーーい」

背後から声がした。弱々しく、しわがれた不気味な声だった。

「うわあ！　やっぱり……！」
健太は真っ青になり首をすくめた。だが、声はそれだけではなかった。

「おーーーい」
「おーーーい」
「おーーーい」
「おーーーい」
「おーーーい」
「おーーーい」
「おーーーい」
「おーーーい」
「おーーーい」

なんと、無数のしわがれた声が、健太たちの背後から聞こえるではないか。

「ひいいいい！」
両手で耳をおさえ、震えあがる健太。
「落ち着いてください。落ち着いて……！　どんな相手だって、目を見て話し合えば、心が通じ合うはずであります！」
そう言う尾狩刑事は、両手で目をふさいでいる。
美希も恐怖で固まり、振り返るどころではなかった。
そんななか、真実の落ち着いた声が響いた。
「みんなも振り向いて見てごらん。なかなか壮観だよ」
「え!?」
健太が顔を上げると、涼しい顔で背後を見渡している真実の顔があった。
「真実くんが大丈夫なら……みんな、勇気を出して振り向くよ。せーのっ！」
健太の掛け声で、美希と尾狩刑事は一緒に振り向いた。
すると、そこには……。

無数のおじいさんが、ジッとこちらを見つめて立っていたのである。
「あああ！こんなの聞いてないよ〜〜！」
再び悲鳴をあげる健太。

すると、無数のおじいさんたちは声をそろえて言った。
「危ないから線路の上を歩いちゃダメだよ〜〜」
そして次の瞬間、おじいさんたちは、フッと姿を消した。
尾狩刑事は思わず息をのむ。
「これは……どういうことでありますか!?　実に不可思議であります！」
「真実くん、引き返そうよ！　こんなことが起きるなんて、ここは絶対に異界だよ！」
健太が叫ぶと、真実は顔色ひとつ変えずに答えた。
「落ち着いて。きっと何かトリックがあるはずだよ」
そう言うと真実は、おじいさんが立っていた場所に向かって歩きだした。
「わわわ！　ちょっと待ってよ、真実くん！」
健太があわてて真実の背中にへばりつく。
尾狩刑事と美希も、その後に続いた。
やがて、立ち止まった真実がつぶやく。
「なるほど、こういうことか」

健太たちが背中から顔を出してのぞくと、草むらに大きな透明の板が立っていた。
その板には、黒い人影が描かれている。
「もしかして……それがおじいさんの正体？」
健太が聞くと、真実はうなずいた。
「ああ。角度によって、違う絵が見えるのさ」
そう言って、板の角度を少し変えると……描かれていた黒い人影が消え、さっきのおじいさんの絵が現れた。
美希がポンと手を打ち、声をあげる。
「そっか！　こういうの見たことある！　絵ハガキとかシールであるよね！」
「そう。これはレンチキュラー構造といってね。板の表に、細かいかまぼこ形の凸凹がついているんだ。そして裏側には、黒い人影とおじいさん、２枚の絵を細く切って、交互に並べたものが貼られている」
「なるほどです！」
板の凸凹をジッと見ていた尾狩刑事が声をあげた。

レンチキュラーのトリック

1 おじいさんの絵と黒い人影を交互に並べたものを、レンチキュラーの板の裏側に貼りつける

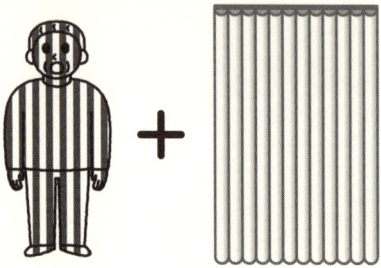

2 板を回転する台にとりつける

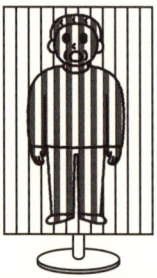

拡大

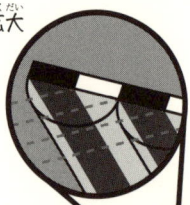

拡大

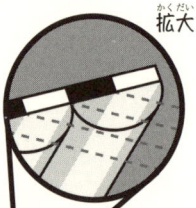

板が左を向くと…

黒い人影が現れるが、暗闇で見えない

板が右を向くと…

おじいさんの絵が見える

「この凸凹がレンズの働きをしてるんですね。レンズは光が進む方向を変えます。だから、レンズの後ろにある片方の絵は右から、もう片方の絵は左から見えるようになる」

「そのとおり」

そう言って、真実は板のうしろを指さした。

「ほら、この板は回転する台に取りつけられている。おそらく、この台を離れた場所から操作して、板の角度を変えていたんだ。黒い人影の絵は暗闇では見えにくい。だからおじいさんが現れたり、消えたりしたように見えたのさ」

「そうだったのか！　じゃあ、やっぱりここは異界じゃないってこと!?」

健太の言葉に、真実は「もちろん」とうなずいてみせた。

「遠くから聞こえる太鼓や鈴の音も、スピーカーで流しているんだろう。これはきっと、ここまで来た子どもたちを試す、最後のテストだよ」

そう言って真実は、線路の先を見つめた。

その視線の先にトンネルが見える。

「あのトンネルの向こうに、すべてのナゾを解く答えがあるはずだ」

真実の言葉に、尾狩刑事はギュッと手のひらを握りしめた。
「アリスはこんなメッセージも残しています。トンネルを出ると親切な人がいて、目指す場所まで送ってもらうことになった……つまり、トンネルの向こうに、アリスや子どもたちを連れ去った、神の使いか、その仲間がいるということです」
「いよいよだね……！」
美希がつぶやくと、真実は静かに、だが力強く言った。
「行こう。トンネルの向こうへ」

●

長く、暗いトンネルの中を進む真実たち。
やがて、トンネルの出口に、ぼんやりとした人影が見えた。
健太が目を細めて言う。
「もしかして、あれが神の使い……!?」

そのシルエットは小柄で、女性のように見えた。
尾狩刑事が立ち止まり、声をかける。
「わたくしは花森警察署の尾狩と申します。失礼ですが、あなたはどちら様ですか？」
そのとき、雲が流れ、月の光が出口に立つ人物を照らし出した。
白いヘアバンドに、意志の強そうなまなざし。
それは、尾狩刑事が捜し続けていた妹、アリスだった。

「アリス!?　アリスなの!?」

尾狩刑事は一目散にアリスに駆け寄ると、力いっぱい抱きしめた。
「会いたかった……！　アリス……無事でよかった……！」

「……お姉ちゃん。ありがとう、ここまで来てくれて」

そこまで言うと、アリスは尾狩刑事の耳元でささやいた。
「……お願い。今すぐ引き返して。これは罠だよ」

尾狩刑事はハッと顔を上げ、アリスの目を見つめた。
「……罠？　それはいったいどういう意味ですか!?」
アリスはくちびるを噛みしめると、小声でつぶやいた。
「……この先に、あの人たちが待ち構えてる……」
「あの人たち……!?」
そのとき、どこからか、不気味な声が響いた。

「余計なおしゃべりはそこまでだ、アリスくん」

機械で声を変えているのだろう、キンキンと耳ざわりな声だった。
「いったい誰でありますか!?」
素早くあたりを見回す尾狩刑事。
「フフフフフ……」
不気味な笑い声が響く。見ると、アリスの手首にはめられた鉄製の腕輪のランプが、音声に合わせ、赤く点滅していた。

「自己紹介をさせてもらおう。わたしは神の使いだ」
その言葉に、健太は息をのんだ。
「神の使い……！」
「ここへ来た子どもたちは、全員この腕輪で管理している。どこで何をしているのか、何を話しているのか、すべてわかるようにね。おかげでみんないい子にしているよ。ルールを破ると、罰として腕輪から電流が流れるしくみだからね」
「アリス……それは本当なんですか……!?」
アリスがうなずくと、再び腕輪のランプが点滅した。
「ここまでたどり着いた褒美に、きみたちをわたしの屋敷に招待しよう。アリスくんについてくるといい」
「ダメ！　来たら、お姉ちゃんたちまで……」
アリスが言いかけると、ピピピピ！と、腕輪のランプが激しく点滅をはじめた。
「アリスくん。電流を流してほしいのかね？　余計なおしゃべりは禁止だと、さっきも言ったはずだ」

ハッとアリスが口をつぐむと、ランプの点滅は止まった。
尾狩刑事が声を震わせて言う。
「アリス、神の使いの屋敷へ案内してください。必ずあなたを自由にしてみせます！」
真実もアリスの目をまっすぐ見つめて言った
「案内してほしい。そこにほかの子たちもいるはずだ」
「……」
アリスは少しの間考えると、決意したようにうなずいた。
夜の闇に、神の使いの声が響く。
「フフフフ……それでは、待っているよ」

●

15分ほど山道を登ると、木々の間に、古くて大きな屋敷が見えてきた。
周りを高い鉄の柵に囲まれている。

その柵には「感電注意」の看板が取りつけられていた。
「みなさんをお連れしました」
巨大な鉄の門の前でアリスが言うと、門が自動で開いた。
「……周囲には電流が流れる鉄の柵。門の開け閉めは、神の使いじゃないとできないようですね」
門をくぐりながら尾狩刑事がささやくと、真実はだまってうなずいた。
アリスの後について、屋敷の中に足を踏み入れる一同。
建物は古いが、中はきれいに整えられていた。
長い廊下のつきあたりの部屋の前でアリスは止まった。
「この中で、神の使いがお待ちです」
尾狩刑事がゴクリとつばをのみ込む。
「神の使い……いったい何者なの……!?」
アリスがノブを回し、ドアを開ける。
ギィィィィ。

扉の向こうに立っていたのは……。
白髪で眼鏡をかけた初老の男性と、優しそうな笑顔の女性。
それは、真実たちがよく知る人物だった。

「ようこそ、尾狩刑事。そして真実くんたち」

「マスター!? それに詩子さん!? あなたたちが神の使い!?」

尾狩刑事が驚きの声をあげる。

マスターたちは不敵な笑みを浮かべた。

「そのとおり。『予言の書』を作ったのはわたしたちだ。それを世界科学コンクールに入賞

した子どもたちに配り、ナゾを解かせていたのさ」

「そんな、まさか……」

驚き、言葉を失う尾狩刑事。だが、真実の反応は違った。

「やはり、あなたたちだったんですね。そうかもしれないと思っていたんです」

その言葉にマスターは目を細めた。

「ほう、その理由を聞かせてくれるかね？」

「喫茶店の壁に飾られていた写真です。きさらぎ駅から歩いているときに気がついたんです。あの写真に写っていたのは、ここの風景だと」

真実の言葉に、思わず健太が声をあげる。

「そうか、だからどこかであの景色を見た気がしたのか！」

「そして、もうひとつ」

そう言って真実が取り出したのは、ちぎれたロープだった。

「廃校があった島……水神島の崖の上で拾ったんです。あのとき、あなたたちは崖から消えたように見せかけ、おそらく、用意していたこのロープで崖の下に降り、岩かげに隠れていたんだ。このロープを調べたら、コーヒー豆を入れる麻袋の布を束ねて作られていました。それで、もしや……と思っていたんです」

「なるほど。思っていたとおりの推理力だ」

そこまで言うと、マスターと妻の顔から笑みが消えた。

「放っておけば、必ずやわたしたちの計画のじゃまになる。そう考え、ここまでおびき寄せたのは正解だったようだ。悪いが、元の世界に帰すわけにはいかない。この屋敷で、わたしたちの計画を手伝ってもらうよ」

「**計画……!?**」

尾狩刑事が眉をひそめると、マスターは両手を大きく広げた。

「科学にくわしい、優秀な子どもたちを集めて何をしていると思う？　世界中の都市伝説を研究させているのさ。ある『大切なもの』を見つけるためにね」

マスターの言葉に、健太が声をあげる。

「『大切なもの』？　それっていったい何なの!?」
「それは……ときがくればわかることだ」
そう言うと、マスターは机の上に置かれた金属製のケースのフタを開いた。
その中には四つの腕輪が入っていた。
次の瞬間、部屋の扉が開き、7人の子どもたちが入ってきた。
みんなアリスと同じ年ごろで、手首に腕輪をはめている。
「子どもたちよ。新しい仲間だ。彼らを捕らえ、この腕輪をはめるのだ」
マスターの言葉に子どもたちは動揺し、顔を見合わせた。
「腕輪をはめた者は、毎日の作業量を減らしてやろう。さあ、やるのだ！」
「……！」
ひとりの子がケースの中の腕輪を手に取った。
やがて、ひとり、またひとりと、残りの子たちも腕輪を取りはじめる。

「みんなやめて！」

アリスは両手を広げ、子どもたちの前に飛び出した。

「こんなことをするために、ここまで来たんじゃないでしょ!?」

だが、子どもたちはジリジリと真実たちに近づいていく。

腕輪を手にした男の子が泣きそうな顔をして叫ぶ。

「……どいてくれ。もう耐えられない……少しでも楽になりたいんだ……」

だが、アリスは引き下がらない。

「あきらめちゃダメ！　わたしたちの武器は科学の知識でしょ!?　力を合わせれば、いつかきっとここから逃げ出せるから！　それまで我慢して……！」

アリスの言葉に足を止め、とまどう子どもたち。

その様子にマスターは声を荒らげた。

「電流を流されたいのか!?　やつらを捕らえるんだ！」

そう言うとスマホを取り出し、電流を流すスイッチの画面を立ち上げた。

「でも……」

子どもたちは恐怖に身をすくめる。

「早くするんだ！　スイッチを押すぞ！」

マスターの指先がスマホの画面にのびる。

「やめて！　マスター!!」

「お願いやめて！」
健太と美希が口々に叫ぶ。
だが、マスターの指先は止まらず、スマホの画面へと近づいていく。
そのとき……。

「ぼくは知っています。
あなたたちがずっと探している『大切なもの』を」

真実の声が響いた。
マスターの指がピタリと止まる。
「なんだと……!?」
真実は、ポケットから古い新聞記事を取り出した。
「それは……？」
健太が聞くと、真実はマスター夫婦をまっすぐに見つめて答えた。
「喫茶店の壁の、たくさんの写真の下に貼られていたものです」

その記事にはこう書かれていた。

『5歳の少年、天野ヶ淵で行方不明。捜査打ち切り』

「座標の位置から考えると天野ヶ淵はこの近くです。あなたたちは以前、この屋敷に住んでいたんじゃないですか？　そして、この地で行方不明になってしまった子を、今も捜し続けている。違いますか？」

真実は、そう言いながらマスターの妻に新聞記事を手渡した。

健太がハッとしてつぶやく。

「もしかして、喫茶店に飾ってあった男の子の写真って……」

「ああ……和也……」

記事を見つめていたマスターの妻は両手で顔を覆った。

「……警察はわたしたちにこう言ったわ。あの子は川に流されてしまい、もう見つからないと。だけど、わたしたちは信じ続けてきたの、あの子は神隠しに遭い、今もどこかで元気に生きているはずだと……」

震える妻の肩に手を置き、マスターは言葉を続けた。

「……そんなある日、教わったんだ。世界には、神隠しに遭って、その後、発見された例がいくつもある。科学にくわしい子どもたちを集めて、都市伝説の研究をさせれば、あの子を見つけることができるかもしれないと……それでわたしたちは……」

沈黙が室内を包んだ。

やがて、尾狩刑事が声をあげた。

「……わたくしもアリスに会いたくて会いたくてたまらなかった。でも……こんなやり方は間違ってます……！　子どもたちの笑顔をうばったり、ほかの家族を悲しませるなんて……こんなことをしても、和也くんは喜んでくれないと思います！」

その言葉をかみしめるように、マスターたちは立ちつくしていた。

やがて、真実が一歩前に進み、マスターに新聞記事を手渡した。
「この記事、勝手に持ち出してすみませんでした。お返しします」
マスターは記事を見つめると、力なくひざをついた。
「……この記事を認めたくなかった。認めてしまったら、あの子は二度と帰ってこない……二度と笑顔を見られない……。そうしてわたしたちは現実から目を背け、みんなにひどいことをしてしまったんだ……すまなかった……」
大粒の涙が、ポタリポタリと記事の上にこぼれ落ちていく。
やがて、マスターはスマホの画面に向かって震える指をのばした。
ピッ！

次の瞬間……ガチャリ、ガチャリと、子どもたちの手首から、腕輪が外れはじめた。
わっ！と、子どもたちから歓声があがる。

「**マスター……ありがとう……**」

尾狩刑事はそう言うと、アリスの手を取り、ギュッと抱きしめた。

「**お姉ちゃん……！**」

アリスもまた、姉を強く抱きしめた。
だが、真実はまだ何かを考えている様子だった。
「ひとつ気になることがあるんです。さっき、誰かが教えてくれたと言いましたね？　科学にくわしい子どもたちを集めろと……それはいったい誰ですか？」
真実の問いに、マスターは涙をぬぐいながら答えた。
「……それは、あのお方だよ。わたしたちにアドバイスをくれて、必要なものを何でも用意してくれた。まるで神のようなお方だ」

「神……!?」
健太が思わず息をのむ。そのときだった。
ブオン!
マスター夫婦の背後にある巨大なモニターに、映像が映し出された。
それは、ある人物のシルエットだ。
スピーカーから、低く、重々しい声が響く。
「神の使いたちよ。苦労して集めた優秀な子どもたちを、このまま逃がそうというのか?」
マスターたちは姿勢を正し、モニターに頭を下げた。
「はい……どうかお許しください……」
「わたしは今まで、おまえたちに助言を与え、望むものをすべて与えてきた。それはなぜかわかるかね?」
「それは……いつの日か、わたしたちがあの子を見つけられるように……」

シルエットの人物は、その言葉を冷たくさえぎった。
「残念だがそうではない……教えてやろう。おまえたちが集めた子どもたちを、すべてわたしのものにするためだよ。だから、子どもたちはひとり残らずわたしがいただく！」
「なんだって……!?」
マスターが驚きの声をあげるのと同時に、窓の外から爆音が響いた。
美希がカーテンの隙間から外をのぞく。

「ヘリコプターが近づいてくる！」

モニターを見つめていた真実がハッとする。
「もしかして、おまえは……！」
すると、シルエットの人物は体を前に乗り出した。
ライトが当たり、その姿があらわになる。
高級そうなグレーのスーツに身を包んだ男……その人物は不敵に笑った。
「フフフ……謎野真実。まさかこの場所におまえが姿を現すとはな」

「やはり……デビルホームズのリーダー……飯島善！」

「彼は何者ですか!?　デビルホームズとは何のことでありますか!?」

尾狩刑事の問いかけに、真実が答える。

「彼はぼくが通っていた、一流の探偵を育成するホームズ学園の元学園長……。そしてデビルホームズは、科学を悪用し、世界各地で怪奇現象を起こしている、ホームズ学園の裏の存在です」

スピーカーから飯島善の声が響く。

「真実くん、キミはいくら誘っても我々の仲間になろうとしなかった。ならば、力でねじふせ、仲間にしてみせるまで。ここにいる子どもたちと一緒に捕らえ、デビルホームズの仲間になれるよう、再教育をしてやろう！」

「飯島善……あなたには、ここにいる誰ひとり渡さない。絶対にね」

そう言うと真実は、モニターの電源を引き抜いた。

飯島善の姿がモニターから消える。

バババババババ！

「ヘリコプターが庭に着陸した！」

美希の声に窓の外をのぞくと、黒い戦闘服に身を包んだ男たちが、ヘリコプターから次々と降りてくるところだった。

「デビルホームズの特殊部隊だ」

真実がつぶやくと、健太が泣きそうな声をあげる。

「10人はいるよ！　このままじゃ、みんな捕まっちゃうよ！」

真実が見渡すと、子どもたちは不安そうに体を震わせていた。

「大丈夫、科学で解けないナゾはない。ここから脱出する方法が必ずあるはずだ」

そのとき、アリスが声をあげた。

「そうだ！　わたしに考えがあります！　この板を使うんです！」

見るとアリスは、大きな透明の板を持っていた。
板の表面には、かまぼこ形の細かい凸凹がたくさんついている。
「それは……さっき、おじいさんの絵が貼られていた、レンチキュラー構造の板ですね？」
尾狩刑事が言うと、真実は人さし指でクイッと眼鏡を持ち上げた。
「そうか、その手があったか！」
追っ手が迫るなか、この透明な板を使って、真実たちは何をしようというのか？

1・盾のかわりにして突破する
2・残像を作り敵を惑わす
3・自分たちの姿を消す

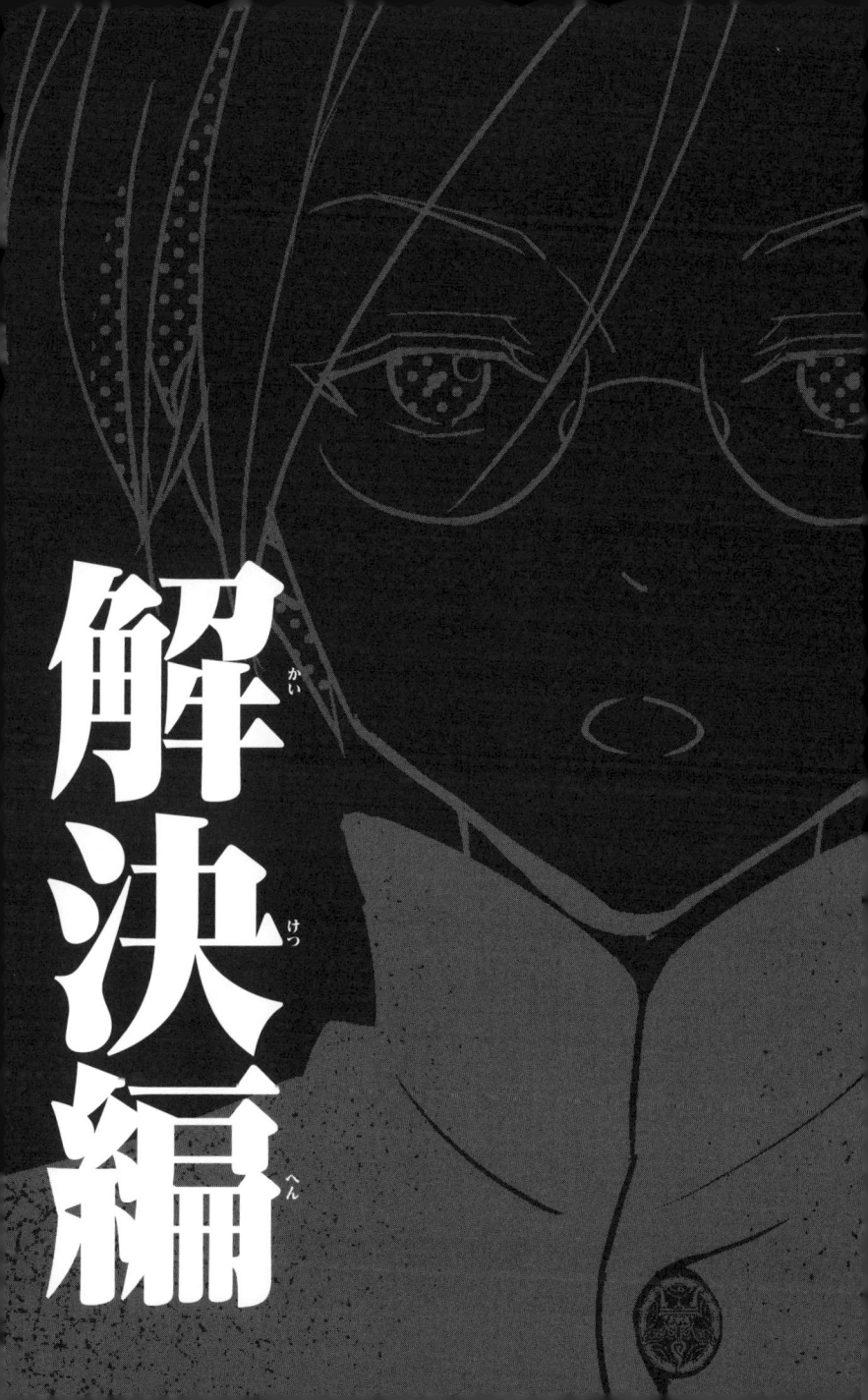
解決編
かい
けつ
へん

「その透明な板を使ってどうするの!?」

健太が聞くと、真実はアリスから板を受け取りながら言った。

「こうするのさ」

真実が体の前に板を置いた瞬間……なんと、真実の姿が消えたのである。

「ええっ!?　真実くんが消えた!」

目をパチクリさせ、健太は何度も見返す。

透明な板のうしろの、部屋の壁はちゃんと見えている。

真実の姿だけが、透明人間のように消えてしまったのだ。

「いったいどうなってるの!?」

美希も驚いて声をあげた。

「すごいでしょ!　レンチキュラー構造を使えばこんなこともできるんです!」

アリスが得意げに説明をはじめる。

「かまぼこ形のレンズは光の方向を変える性質があります。だから板のうしろにあるものは、光が広がって見えてしまう、そのせいでぼやけて見えなくなるんです」

しかし、健太はまだ不思議そうな顔をしている。

「それなら、どうして真実くんのうしろの壁は消えずに見えるの？」

「それは、目の錯覚みたいなものですね。本当はうしろの壁も、光が広がってぼやけているんです。でもほら、この壁には模様もないし、全体に同じ色をしてるから、ぼやけても、光が重なり合って元の壁があるように見えてしまうんです」

アリスの説明に、健太は大きくうなずいた、

「なるほど！　ってことは、この板を使えば、みんなの姿を消せるわけだね！　それで、作戦は!?」

板のうしろから姿を現した真実がみんなを見渡した。

「ぼくに考えがある」

バターン！

玄関のドアを蹴破り、
戦闘服の男たちが屋敷の中になだれ込んできた。
「やつらはまだ建物の中にいるはずだ。逃がすな」
男たちは長い廊下に並んだドアを開け、
一部屋ずつチェックしていく。

「この部屋にはいない」

「こっちの部屋もだ」

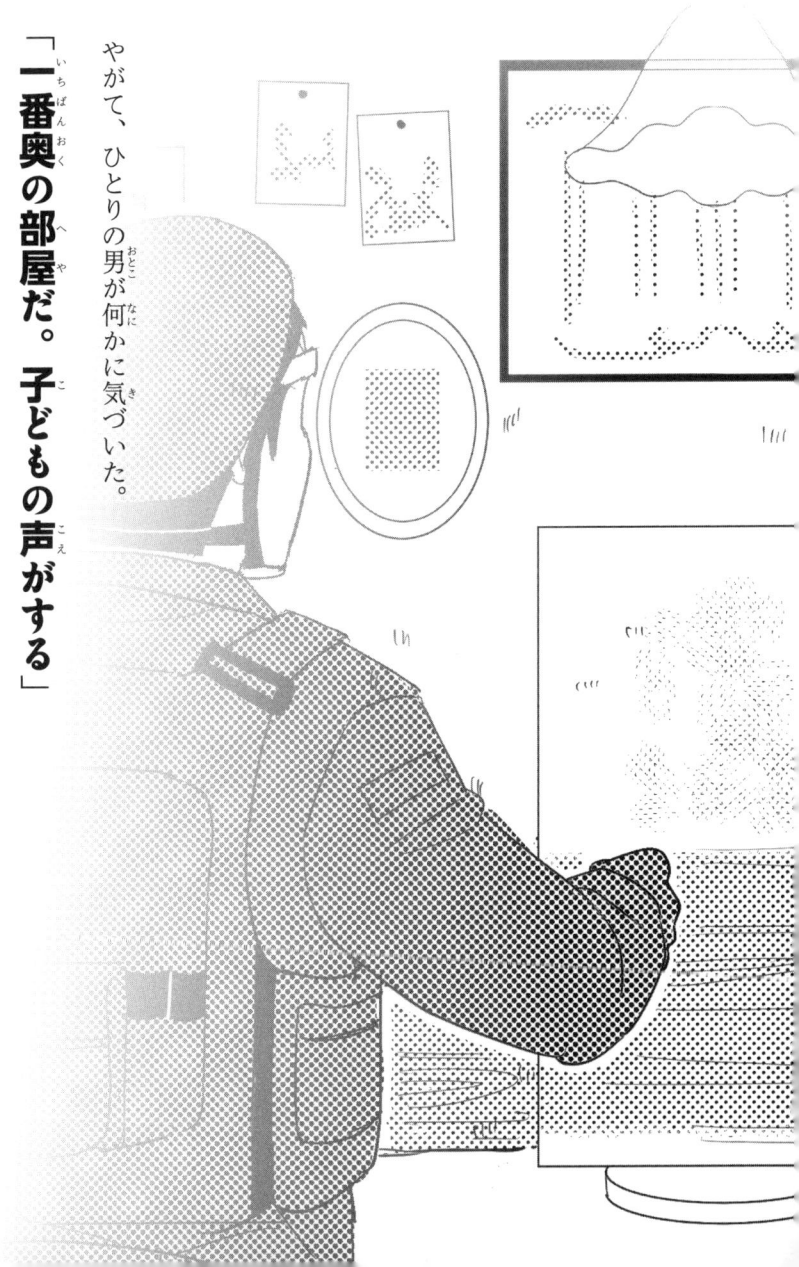

やがて、ひとりの男が何かに気づいた。

「一番奥の部屋だ。子どもの声がする」

廊下を進み、奥の部屋の前で耳をそばだてた。
ドア越しに、室内で言い合う子どもたちの声が聞こえる。

「そんな作戦、絶対ムリだよ！」
「大丈夫ですよ！　みんなで力を合わせれば絶対できます！」
「それより、早くしないと、やつらが来ちゃうわよ！」

男たちはフフンと笑った。
「バカなやつらだ。逃げもせずに、のんびり作戦会議をしてやがる」

「いいか、全員生け捕りにするんだ」

次の瞬間、男たちはドアを開け、部屋に駆け込んだ。
だが、そこには予想外の光景が広がっていた。

「なにっ!?　誰もいない!?」

空っぽの室内に、子どもたちの声だけが繰り返し響いている。
机の引き出しを開けると、中に小型の録音機が置かれていた。
声はそこから流れていたのだ。

「しまった！
やつらはとっくに部屋の外だ！」

次の瞬間、ドアと窓の方向から
ガ――ンという衝撃音が響いた。
男たちが叫ぶ。

「ドアを外からふさがれたぞ！」

●

「今のうちに門の外へ逃げるんだ！」

そう叫びながら健太たちが屋敷から飛び出してくる。

捕らえられていた子どもたち、マスター夫婦も一緒だ。

「あいつら、ぼくらが隠れていた部屋ものぞいたのに、まったく気がつかなかったね」

健太が言うと、美希がうなずく。

「レンチキュラーの板のおかげだね！　さすがアリスさん！」

「いえいえ。録音機を使って、わたしたちが奥の部屋にいると思わせた、真実さんの作戦のおかげです！」

アリスは照れて、顔の前でパタパタと手を振った。

巨大な鉄の門の前にたどり着くと、庭から駆けてきた真実が合流した。

「やつらのヘリコプターのキーを抜いてきた。これでヘリは使えないはずだ」

「さあ、マスター！　最後はあなたの番です。門の扉を開けてください」

尾狩刑事の言葉にうなずくマスター。

しかし、次の瞬間、顔色が変わった。

「ない……スマホがない!!　あのスマホがなければ門は開けられないんだ！もしかして屋敷の中に落としてきたかもしれない……！」

あわてて屋敷へ引き返そうとするマスター。

その腕を真実がグッとおさえる。

「まだやつらがいます。屋敷に戻ったら危険です」

健太がうろたえ、あわてて叫ぶ。

「そんな……周りを囲んでいる柵には電流が流れてるんだよ!?　門が開かなかったら外に出られないよ！」

そのとき、マスターが思い出したようにつぶやいた。

「そういえば……門の外に電源室があったはずだ。あそこの電源スイッチを切れば、柵に流れる電流を止め、ドアのロックも解除することができる」

見ると、柵の外に小さな小屋が立っていた。

「でも、どうやってあそこまで行くの!?」

健太が言うと、真実は5メートルほどある高い鉄の柵を見上げた。

鉄の柱の間に、何本もの太いワイヤーが張られている。

「ひとつだけ方法がある、この柵を登るんだ」

真実の言葉に、マスター夫婦は顔を見合わせた。

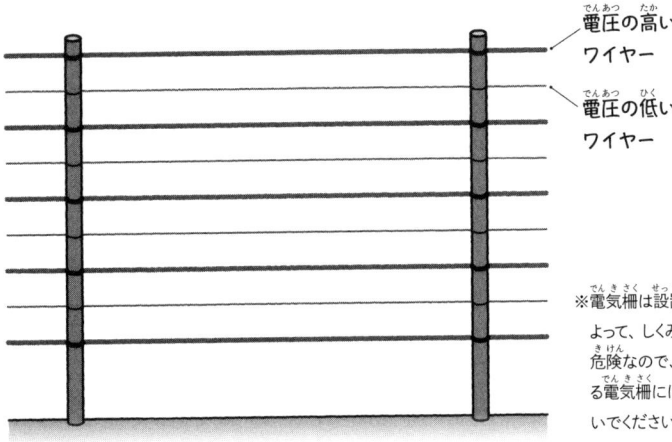

※電気柵は設置する目的によって、しくみが違います。危険なので、身の回りにある電気柵には絶対に触らないでください。

「そんなことは無理だ……危険すぎる……！」

「そうかもしれません。でも、この方法に賭けるしかない」

そう言うと、真実は地面に図を描いてみせた。

「この柵には、『高い電圧がかかって多くの電流が流れているワイヤー』と、『低い電圧がかかって少ない電流が流れているワイヤー』が交互に張られているはずだ」

その説明に美希は首をかしげる。

「高い電圧と低い電圧が交互に？　いったいどうして？」

「電流は電圧が高いほうから低いほうへ流れる。今はふたつのワイヤーはつながっていないけれど、もしふたつのワイヤーに同時に触ってしまうと……」

アリスがポンと手を打つ。

「そっか！　人の体を通って、電圧の高いワイヤーから、低いワイヤーへと電流が流れてしまうわけですね。逆に言えば、どちらか片方のワイヤーだけに触っていれば、感電する心配はない！」

「そう。危険だけど、一本とばしで片方のワイヤーだけを使って柵を登れば……」

「わたくしが行きます！」

真実の言葉をさえぎり、前に出たのは尾狩刑事だった。

「わたくしの超人的な運動神経をもってすれば、そんなことは簡単です！」

「でも、お姉ちゃん……！」

アリスが心配そうに声をあげる。

そのとき、屋敷のほうから男たちの声が響いた。

「やっぱり、外へ逃げたぞ！　早く追え！」

「グズグズしてるヒマはないようです。わたくし、行きます！」

そう言うと、尾狩刑事は柵の前に立ち、ワイヤーをグッと握った。
「なるほどです！　ワイヤーを一本だけ握っても、ビリビリしません！」
「交互だからね！　手も足も、ワイヤーを一本とばしで進むんだよ！」
健太が声援を送る。
「えーと……どっちでありますか!?　こっち!?」
「お姉ちゃん、違うよ！　もうひとつ上！」
みんなの声援が響くなか、尾狩刑事は一本とばしでワイヤーをつかみ、あっという間に柵のてっぺんまで登った。

「いたぞ！　あそこだ！」

屋敷の玄関から男たちが走り出てくる。

「お姉ちゃん、急いで！」

アリスの声が響くやいなや、尾狩刑事は
5メートルの高さから華麗に飛んだ。

「てやーーっ！」

枯れ葉の上に転がりながら着地すると、電源室へと駆け込む。

「電源スイッチありました！　電源を切るであります！」

ガチャッ！

レバーを下げると、鉄の柵の上で光っていたランプが消え、門の扉からゴゴンという音が響いた。

「電流が止まった！　門のロックが外れたぞ！　今だ！」

マスターの合図でみんなは扉を押し開き、細い隙間をくぐり抜けた。

「待て――！　きさまら！」

男たちが眼前まで迫る。

「お姉ちゃん、スイッチを戻して！」

アリスが叫ぶのと、みんなが扉を閉めるのが同時だった。

ゴゴ――ン！　ガチャリ！

「ここを開けろ――っ！」

扉の向こうで男たちのくやしそうな声が響く。

「柵の電流も戻った。これでやつらは外に出られんよ」

マスターがホッと息をつくと、真実が言った。

「さあ、先を急ぎましょう」

●

トンネルの中を走る真実たち。
そしてトンネルを抜けると……上空に巨大なヘリコプターが姿を現した。
機体のドアが開き、飯島善が姿を現す。

「フフフフ……さすがだ真実くん。
またしても、キミにやられたようだ」

真実は、上空にいる飯島善をするどく見つめた。

「飯島善……！
マスターと詩子さんの弱みにつけ込み、
そして、科学を愛する子どもたちの心をもてあそんだ……
ぼくは絶対に許さない」

飯島善はニヤリと笑った。

「すべてのものには表と裏がある。

おまえが表ならわたしは裏の存在。

ふたつは、互いになくてはならない存在なのだ。

また会う日を楽しみにしているぞ！」

爆音を響かせ、飯島善を乗せたヘリコプターは飛び去っていく。

上空を見上げるみんなに、マスターと妻が深々と頭を下げる。

「本当に、本当に申し訳なかった……」

すると、アリスはかすかに笑ってこう言った。
「わたし、都市伝説の研究、続けようと思います。いつの日か、和也くんの手がかりが見つかるかもしれないから。ね？　みんな」
子どもたちは顔を見合わせ、うなずいた。
「ありがとう……ありがとう……」
マスターと妻は声を震わせ、涙をぬぐった。
やがて、パトカーのサイレン音が聞こえはじめた。
「先ほど、地元の警察に救援をお願いしたんです」
そう言うと、尾狩刑事はアリスを見つめた。
「さあ、帰りましょう。帰ったら、たっぷりお説教ですけどね」
「はいはい。お説教もいいけど、お姉ちゃん、家を出るとき、ちゃんとエアコン消した？　家のカギは閉めた？」

「……そう言われると、消してないし、閉めてもないような……
これは一大事です！　急いで帰らないといけません！」
尾狩刑事はあわててパトカーのほうへと駆けだした。
「もう！　わたしがいないと、いつもこうなんだから！」
そう言って、アリスも尾狩刑事の後に続く。
「あのふたり、いいコンビだね」
美希が言うと、みんな声を出して笑った。
真実も優しくほほえんでいる。
長かった夜が明け、朝日が照らす山々に、
健太の元気な声が響いた。

「帰ろう、みんな。花森町へ！」

4

SCIENCE TRICK DATA FILE

科学トリック データファイル

姿が消えるナゾの板

レンチキュラーの板をかざすと

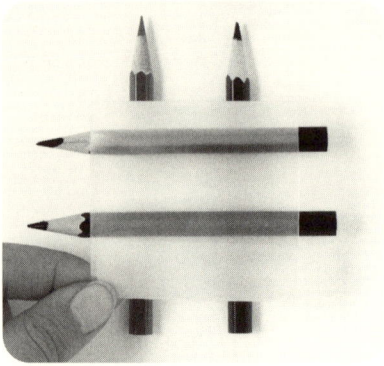

表面にかまぼこ形のレンズが並ぶ透明な「レンチキュラー」は、背後にあるものがレンズと同じ向きに置かれていると、ものが消えて見えます。これは、レンズが光を円形に広げて薄めてしまうからです。

しかし、レンズと直角の向きにあるものは消えません。

ものが消える!?　不思議なしくみ

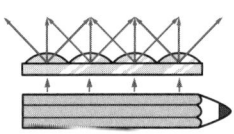

横向きの鉛筆

レンズと直角に置かれた鉛筆は、レンズで広がった光がいくつも重なるため鉛筆が見える

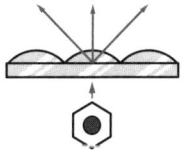

縦向きの鉛筆

かまぼこ形のレンズと同じ向きに置かれた鉛筆は、光が横に広がってしまい見えなくなる

「う〜ん。今日も一日、平和だったねえ」
1カ月後。健太は真実と美希とともに学校から帰っていた。
不可思議事件の騒動が幻だったかのように、平穏な時間が流れていた。
「そういえば、アリスちゃん、ネットのニュースになってたよ」
美希が、スマホを見せる。
「美希ちゃん、学校帰りでも緊急のとき以外はスマホを使っちゃダメだよ」
「健太くん、アリスちゃんのことは緊急に入るでしょ」
「えええ??」
美希の言葉に健太はあきれながらも、ネットのニュースを見る。
そこには、アリスが「世界科学コンクール」で優秀賞を取ったことが書かれていた。
「わあ、アリスちゃん、すごいね！」
健太は喜ぶ。世界科学コンクールで優秀賞を取ることは、アリスの夢だったのだ。

「あのときいたみんなも写ってるよ」
美希は、記事の写真を指で大きくする。
トロフィーを持つアリスの横に、きさらぎ駅の騒動で救出した子どもたちの姿もあった。彼らもアリスと同じように上位の成績を残したようだ。
「みんな、いい笑顔だねえ。デビルホームズに捕まって育成されてたら、こんなに楽しそうに結果を出すことはできなかったよね」

「ああ、そうだね、健太くん」
「金森さんたちも、きっとやり直すことができると思うんだ」
健太は、金森夫婦のことを思う。
彼らは罪をつぐなった後、また喫茶店をやりたいと話しているのだという。
「彼らなら、きっとやり直せるよ」
真実の言葉に、健太と美希は大きくうなずいた。

そのとき、一台の車が真実たちのそばに止まった。
「ここにいたのですね」
降りてきたのは、尾狩刑事だ。
「どうしたんですか？」
「まさか、また不可思議事件が発生したの？」
驚く美希と健太に、尾狩刑事は首を横に振った。
「今日は仕事は休みなんです。それで、彼女のお手伝いをしようと思って」
そう言うと、助手席からひとりの女の子が降りてきた。
アリスだ。
「アリスちゃん！」
久しぶりに会えて健太と美希は喜ぶ。
「コンクール優秀賞、おめでとう！」
「ありがとう！」
アリスは喜ぶ健太と美希に礼を言いながら、真実の前に立った。

「今日は、真実くんに用があったんです。わたし、科学コンクールの夢はかなったけど、新しい目標ができました」

「新しい目標？」

「うん。真実くんとナゾ解き勝負をしたい！」

アリスは、真実の科学知識と推理力を高く評価していた。

「アリス、真実さんに負けたくないって言っていて。それで、お友達に協力してもらったそうなんですよ」

「世界科学コンクールに出たみんなに、科学トリックを使ったナゾを作ってもらったんです。それをどっちが早く解けるか勝負したくて」

アリスは、真実を見る。

真実はそれを聞き、ほほえんだ。

「いいね、やってみよう」

真実もアリスとの勝負に興味があるようだ。
「やった！　ナゾはもう用意してくれてるんですよ。さっそく行こう！」
「さあ、みなさん乗ってください」
尾狩刑事は真実たちを車に誘う。
「なんかすごい勝負になりそうだね！」
「うんうん、大スクープだよ！」
健太と美希も胸が高鳴る。
「みんなが作ってくれたナゾは、不可思議事件をこえる超難関のナゾらしいんだ」
「へえ、それは面白そうだね」
真実たちの楽しげな会話が続く。
一同を乗せた車は、軽やかに出発するのだった。

See you in the next mystery!

その後の科学探偵「健太の大予言」

著者紹介

佐東みどり

脚本家・作家。アニメ「サザエさん」「ハローキティとあそぼう！まなぼう！」などを担当。小説に「恐怖コレクター」シリーズ、「謎新聞ミライタイムズ」シリーズなどがある。

（執筆：プロローグ、3章、エピローグ）

石川北二

監督・脚本家。脚本家として、映画「かずら」（共同脚本）、映画「燐寸少女 マッチショウジョ」などを担当。監督としての代表作に、映画「ラブ★コン」などがある。

（執筆：4章）

木滝りま

脚本家・作家。脚本家として、ドラマ「正直不動産2」、「カナカナ」など。小説に「セカイの千怪奇」シリーズ、『大バトル！きょうりゅうキッズ　きょうふの大王をたおせ！』などがある。

（執筆：2章）

田中智章

監督・脚本家・作家。脚本家として、アニメ「ドラえもん」、映画「シャニダールの花」などを担当。監督として、映画「花になる」などがある。「全員ウソつき」「天空ノ幻獣園」シリーズ執筆。

（執筆：1章）

挿画

kotona

イラストレーター。児童書や書籍の挿絵のほか、キャラクターデザインなどで活躍中。

HP：marble-d.com

（マーブルデザインラボ）

ブックデザイン
アートディレクション

辻中浩一
＋
村松亨修
吉田帆波（ウフ）

科学探偵
謎野真実シリーズ

科学探偵VS.博物館の怪人(仮)

「大エジプト展」の準備が進む夜の博物館に、
包帯姿の「怪人」が現れた……。
闇に響く不気味な笑い声と、次々に届く怪文書。
無念の死を遂げた「元館長の亡霊」だという
うわさに挑む真実たちに、
最大の危機が迫る――。

2025年
夏
発売予定!

おたより、イラスト、大募集中!

公式サイトも見てね!

監修　金子丈夫（筑波大学附属中学校元副校長）
取材協力　西尾幸一郎（2章、山口大学教育学部 准教授）、
東京大学サイエンスコミュニケーションサークルCAST
編集デスク　野村美絵
編集　金城珠代
編集協力　河西久実
校閲　宅美公美子、野口高峰（朝日新聞総合サービス）
本文図版　倉本るみ、ビブオ（P18～19初出のイラスト作成）
コラム図版　笠原ひろひと
写真　iStock、朝日新聞 フォトアーカイブ、アフロ、遠州鉄道（P14）
キャラクター原案　木々
ブックデザイン／アートディレクション　辻中浩一＋村松亨修、吉田帆波（ウフ）

おもな参考文献、ウェブサイト
『新編　新しい理科』3～6（東京書籍）／『週刊かがくる　改訂版』1～50号（朝日新聞出版）／『週刊かがくるプラス　改訂版』1～50号（朝日新聞出版）／『未来へひろがるサイエンス1』（新興出版社啓林館）／『日本現代怪異事典』（笠間書院）

科学探偵（かがくたんてい） 謎野真実（なぞのしんじつ）シリーズ
科学探偵（かがくたんてい） vs. 終末（しゅうまつ）の大予言（だいよげん）［後編（こうへん）］

2025年2月28日　第1刷発行

著　者　作：佐東みどり　石川北二　木滝りま　田中智章　絵：kotona
発行者　片桐圭子
発行所　朝日新聞出版
〒104-8011
東京都中央区築地5-3-2
編集　生活・文化編集部
電話　03-5541-8833（編集）
03-5540-7793（販売）

印刷所・製本所　大日本印刷株式会社
ISBN978-4-02-332413-8
定価はカバーに表示してあります

落丁・乱丁の場合は弊社業務部（03-5540-7800）へ
ご連絡ください。送料弊社負担にてお取り替えいたします。

© 2025 Midori Sato, Kitaji Ishikawa, Rima Kitaki, Tomofumi Tanaka ／ kotona,
Asahi Shimbun Publications Inc.
Published in Japan by Asahi Shimbun Publications Inc.